中國古典文學基本叢書

劉孝標集校注

〔南朝梁〕劉峻 著
羅國威 校注

中華書局

圖書在版編目(CIP)數據

劉孝標集校注/(南朝梁)劉峻著;羅國威校注. —北京:中華書局,2021.8(2023.2 重印)
(中國古典文學基本叢書)
ISBN 978-7-101-15213-5

Ⅰ.劉… Ⅱ.①劉…②羅… Ⅲ.中國文學-古典文學-作品綜合集-南朝時代 Ⅳ.I213.912

中國版本圖書館 CIP 數據核字(2021)第 098403 號

封面題簽:劉 石
責任編輯:汪 煜 劉 明
責任印製:管 斌

中國古典文學基本叢書
劉孝標集校注
〔南朝梁〕劉 峻 著
羅國威 校注
*
中 華 書 局 出 版 發 行
(北京市豐臺區太平橋西里 38 號 100073)
http://www.zhbc.com.cn
E-mail:zhbc@zhbc.com.cn
三河市宏盛印務有限公司印刷
*
850×1168 毫米 1/32 · 6 印張 · 2 插頁 · 125 千字
2021 年 8 月第 1 版 2023 年 2 月第 2 次印刷
印數:3001-4000 册 定價:26.00 元

ISBN 978-7-101-15213-5

目録

前言

劉峻（四六二——五二一），字孝標，以字行，平原（今山東淄博）人，梁代著名的學者和駢文家。他一生經歷了宋齊梁三個朝代。幼年時曾陷身北魏爲奴，爲生活所迫，十一歲出家做過和尚。他年輕時求學勤奮刻苦，常燎蔴炬夜讀，從夕達旦。齊永明四年逃還江南，長期不遇，過了八九年纔當上了豫州府刑獄。梁武帝登基後，他已四十開外，被詔典校秘書。但是由於他爲人正直，率性而動，在武帝前不能曲意逢迎，遂爲武帝所憎惡，被抑而不用。後來還荆州做了幾年户曹參軍，於知命之年棄官歸隱，到金華山中聚徒講學，直到離開人世。孝標聞見博洽，才華出衆，卻轗軻一世，鬱鬱以終。他的生活道路決定了他的思想和寫作。在「儒鈍殊常，競學浮疎」（蕭綱與湘東王書）的齊梁時代，他的駢文格調清新，文筆潑辣，使人耳目一新。他運用手中的筆，抒發了長期受壓抑受排斥受打擊的無比憤懑，揭露和鞭撻了種種社會弊端。各式小人，在他筆下一個個醜態畢露；駢文的造詣，在他手中也已鑪火純青。然而，這位作家生前寂寞，身後也比較寂寞。整理和出版劉孝標的作品，是很有意義的事。

一

孝標長期生活在社會下層，他與人民大衆一樣受着統治階級的壓迫。他的思想感情與人民是相通的。他的遭遇，決定了他的作品與那班幫閑文人不同。可惜他的作品留存下來的很少，隋書經籍志尚著録有六卷，而今能搜集到者，僅文十二篇、詩四首。就其思想内容而言，這有數的十幾篇作品大致可分爲發抒不平、針砭時弊、贊美高士和以文言志四類。

載於文選的辯命論，題名下李善注云：「孝標植根淄右，流寓魏庭，冒履艱危，僅至江左。負材矜地，自謂坐致雲霄。豈圖逡巡十稔，而榮嘶一命，因兹著論，故辭多憤激，雖義越典謨，而足杜浮競也。」這段話，揭示了孝標著論的寫作動機。孝標認爲，人間世的一切都爲命運所主宰（這裏有着消極的宿命論思想），而命運，又有自然的和人爲的兩種。所謂自然的，就是在社會和自然界的疾變之中，個人之力根本無法抗拒的，例如：

空桑之里，變成洪川；歷陽之都，化爲魚鼈。楚師屠漢卒，睢河鯁其流，秦人坑趙士，沸聲若雷震。火炎崑嶽，礫石與琬琰俱焚；嚴霜夜零，蕭艾與芝蘭共盡。雖游夏之英才，伊顔之殆庶，焉能抗之哉？

滄桑變遷，戰争殺伐，這些社會和自然界的災難，使遭難者無論賢愚，概不能免。所謂人爲的，則在於個人的際遇。古往今來，君臣之間的關係如「虎嘯風馳，龍興雲屬」。因此，「重華立而元凱升，辛受生而飛廉進」，賢君用賢臣，昏君用奸臣。於是，便出現了下列情形：「文公蹠其尾，宣尼絶其糧。顔回敗其叢蘭，冉耕歌其芣苢。夷叔斃淑媛之言，子輿困臧倉之訴。」「伍員浮尸於江流，三閭沈骸於湘渚。賈大夫沮志於長沙，馮都尉皓髮於郎署。君山鴻漸，鎩羽儀於高雲；敬通鳳起，摧迅翮於風穴。」歷史上的這許多賢哲，都遭阨運，其原因在於生不逢時，昏君亂世。梁武帝蕭衍在孝標撰辯命論的天監八年還一再下詔求賢：「其有能通一經、始末無倦者，策實之後，選可量加敍録。雖復牛監羊肆，寒品後門，並隨才試吏，勿有遺隔。」（梁書武帝紀）蕭衍此舉，不過想表明他是一個當政時野無遺賢的明君。孝標的遭遇，卻證明事實上並非如此。辯命論的矛頭所指，不言而喻。因此，我們既不能忽視辯命論中宿命論思想對後世的消極影響，也不可低估辯命論在當時的積極作用。

任昉是梁代有名文學之士，且爲官清廉，政績卓著，生前多奬進士友，可是一旦死後，因素無蓄積，家業蕭條，子姪漂流，竟無人收恤，孝標有感於世態之炎涼，人情之澆薄，於是憤而作廣絶交論，以譏刺當世。他主張絶交，是由於古來那種「風雨急而不輟其音，霜雪零而不渝其色」的「素交」已爲「利交」所取代。何謂「利交」？就是勢利之交。孝標經過細緻的觀察分析，指出「利交」的表現形式有五種：一曰勢交，二曰賄交，三曰談交，四曰窮交，五曰量交。這種「交誼」，完全建立在權勢、金錢等利害得失的基礎上。孝標極寫「五交」，意在揭露，意在使整個社會都認識到這種「交誼」的可憎可鄙。不僅如此，進而又指出其對社會的危害：「因此五交，是生三釁：敗德殄義，禽獸相若，一釁也；難固易攜，讎訟所聚，二釁也；名陷饕餮，貞介所羞，三釁也。」把魏晉以來門閥制度造就的種種弊病暴露得淋漓盡致。文章最後點出主旨：

近世有樂安任昉，海内髦傑，早綰銀黄，夙昭民譽。遒文麗藻，方駕曹王；英跱俊邁，聯横許郭。類田文之愛客，同鄭莊之好賢……於是冠蓋輻湊，衣裳雲合。輜軿擊轊，坐客恒滿。蹈其閫閾，若升闕里之堂；入其奥隅，謂登龍門之坂……及瞑目東粤，歸骸洛浦，繐帳猶懸，門罕漬酒之彦；墳未宿草，野絶動輪之賓。藐爾諸孤，朝不謀夕，流離大海之南，寄命瘴癘之地。自昔把臂之英，金蘭之友，曾無羊舌下泣之仁，寧慕郈成分宅之德？

在揭露鞭撻時弊的同時，孝標的立場、態度、思想、人格，也都鮮明地反映了出來。

孝標的交遊比較廣。他的十二篇遺文，書信就佔了一半。他的交遊，無貴無賤，無長無少。他特別尊崇那些不與時俗同流合污的高人韻士。僧人中不乏賢才，法師惠舉就是一個。孝標與舉法師書對惠舉的學問極力推崇：「至於馳騖經囿，翱翔書圃，極龍宮之妙典，殫石室之鴻記。」對舉法師的文章大加贊美：「爵頌息明珠之譽，長門濫黃金之賞。」賈逵的神雀頌、司馬相如的長門賦，比之舉法師佳作也當相形見絀。但「越民非鬻冠之所，齊國豈奏韶之地」，舉法師也是個與當時社會格格不入之人，因而其文和孝標大部分作品一樣，後來也都湮没不傳了。

孝標其他幾封書信，大抵也如此。他給年輕人何炯寫信，稱揚不願爲官，掛檄於樹而逃的族孫劉訏「超超越俗，如半天朱霞」（與何炯書）；贊美另一個隱居求志，遨遊林澤的族孫劉歊「矯矯出塵，如雲中白鶴」（同上）。友人宋元思與時俗「方鑿圓枘，鉏鋙難從」（與宋玉山元思書），孝標方之以「雅曲」、「名驥」，對其高風亮節贊美備至，爲其不見容於當世而鳴不平，並以古代高士羊仲、求仲、疏廣、疏受、漁父、要離喻之而願與共勉。

孝標五十歲以前積極用世，當他一再受排斥遭打擊之後，對統治集團開始有了認識，然而對於腐敗的政治他又無能爲力，只好以消極的方式與黑暗的現實作對抗，他於是「嘯歌棄城市，歸來事耕織」（始居山營室詩），到金華山過起與世無爭的隱逸生活來。山栖志是他退隱時期生活思想的寫照，是他的言志之作。在這篇優美的駢文中，對金華山四時美景的鋪寫，表現了他對大自然和淳樸的農家生活的熱愛。山栖志末這樣寫道：

歲始年季，農隙時閑，濁醪初醞，清醥新熟。則田家有野老，提壺共至。班荆林下，陳罇置爵。酒酣耳熱，屢舞讙呶。晟論箱庾，高談穀稼。嗢噱謳歌，舉杯相挹。人生樂耳，此歡豈訾？若夫蠶而衣，耕而食，日出而作，日入而息。晚食當肉，無事爲貴。不求於世，不忤於物。莫辨榮辱，匪知毁譽。浩盪天地之間，心無怵惕之警。豈與嵇生齒劍，揚子墜閣，較其優劣者哉！

金華山中，没有金張之館、許史之廬。没有「五交」，更没有「三釁」。在那裏，孝標是比較自在愉快的。讀其志，想其人，千載之下，我們彷彿看到了作者恬淡的笑容。然而，可以覺察，在這笑容之中還是藴含着「雲濡霧露」、累遭打擊後的不平和無可奈何。

二

孝標才識，博大精深。據隋志著録，他著有漢書注一百四十卷，還編撰過類苑一百二十卷，可惜都已經亡佚。流傳至今的有世説新語注和陸機演連珠注。以世説新語注而論，徵引繁博，考訂精審，爲後世注書之圭臬（説見高似孫緯略）。在駢文創作上，他的藝術技巧也十分圓熟，其特色具體表現在以下三個方面。

首先，是以作「文」之法寫「筆」。當時的文體，有着嚴格的「文」「筆」之分。「今之常言，有文有筆，以爲無韻者筆也，有韻者文也。」（文心雕龍總術）「筆，退則非謂成篇，進則不云取義，神其巧惠筆端而已。至如文者，維須綺縠紛披，宫徵靡曼，脣吻適會，情靈搖蕩。」（金樓子立言）

孝標存世的十二篇文，屬於「筆」的範疇，然而，卻已辭賦化了，變成了「文」。何謂賦？「賦者鋪也，鋪采摛文，體物寫志也。」（文心雕龍詮賦）所謂鋪采摛文，就是排比鋪陳。這一手法的運用，在孝標作品中隨處可見，在辯命論、廣絶交論和山栖志中尤其突出。比如廣絶交論中寫「勢交」一段：

若其寵鈞董石，權壓梁竇，雕刻百工，鑪捶萬物，吐漱興雲雨，呼噏下霜露，九域聳其風塵，四海疊其熛灼，靡不望影星奔，藉響川鶩。雞人始唱，鶴蓋成陰，高門旦開，流水接軫，皆願摩頂至踵，隳膽抽腸，約同要離焚妻子，誓殉荆卿湛七族。

這段文字，是一幅色彩斑斕的世態畫，也是一篇鋪采摛文的「勢交」賦，維妙維肖地畫出了勢利之徒趨奉鑽謀的醜惡嘴臉，揭露了他們的卑劣行徑。

作辭賦須講究裁對、隸事、敷藻、調聲，孝標之文，此四者都色色精工。四者之中裁對是關鍵。而裁對以「言對爲易，事對爲難」，「事對者，並舉人驗者也」（文心雕龍麗辭）。孝標的駢文，以事對爲主，於難中見易。信手拈來，都是佳對：「甘踰萍實，冷亞冰壺」（送橘啓）；「墨翟之言無爽，宣室之談有徵」（重答劉秣陵沼書）；「習匡鼎之説詩，騁谷雲之雕篆」（與宋玉山元思書）；「纂兩仲之微迹，襲二疏之風流」（同上）；「越民非鬻冠之所，齊國豈奏韶之地」（與舉法師書）；「范張款款於下泉，尹班陶陶於永夕」（廣絶交論）；「姬公凝負圖之容，孔父眇棲遑之迹」（相經序）；「忽白璧而樂垂綸，負玉鼎而要卿相」（山栖志）等等。他真正做到了「任力耕耨，縱意漁獵」（文心雕龍事類）。

孝標駢文的另一特色，是善於持論析理。辯命論和廣絶交論，雖然是辭賦化了的駢文，但它們本身就是論，有論點有論據，而且説理透辟。辯命論一開始提出論點：人之命是「定於冥兆，終然不變」的，然後，列舉了大量歷史上的和現實社會中的人和事以證實之。進而，又指出了言而非命者的六蔽，從反面論證，把道理闡述得明明白白。廣絶交論的論證方法又不同。文章開始作者指出，由於世風日下，古來君子之間的那種「素交」已爲「利交」所取代。極寫「五交」後，落筆到任昉。任昉在世時，到溉兄弟之流，萃「五交」於任昉一身。任昉一死，門庭冷落，子姪漂流，無人存問。由此，作者才得出結論：在淳風喪盡的時代，人間世的一切交誼都當擯絶，文章在最後才提出論點來。辯命論用演繹推理，廣絶交論用歸納推理，論證方法雖不同，然都不失爲佳作。

孝標駢文的又一特色是感染力强。齊梁時期的文章，大都矯揉造作，很少真實的情感。孝標不同，行文時，筆端飽蘸着感情。重答劉秣陵沼書末尾，一口氣連用了五個典故，發抒了他對亡友的深切懷念：「若使墨翟之言無爽，宣室之談有徵，冀東平之樹，望咸陽而西靡；蓋山之泉，聞弦歌而赴節。但懸劍空壠，有恨如何！」真可以感天地而泣鬼神。孝標的自序，更是直抒胸懷，催人泪下：

余自比馮敬通，而有同之者三，異之者四。何則？敬通雄才冠世，志剛金石；余雖不及之，而節亮慷慨，此一同也。敬通值中興明君，而終不試用；余逢命世英主，亦擯斥當年，此二同也。敬通有忌妻，至於身操井臼；余有悍室，亦令家道轗軻，此三同也。敬通當更始之世，手握兵符，躍馬食肉；余自少迄長，戚戚無歡，此一異也。敬通有一子仲文，官成名立；余禍同伯道，永無血胤，此二異也。敬通膂力方剛，老而益壯；余有犬馬之疾，溘死無時，此三異也。敬通雖芝殘蕙焚，終填溝壑，而爲名賢所慕，其風流郁烈芬芳，久而彌盛；余聲塵寂漠，世不吾知，魂魄一去，將同秋草，此四異也。

滿腹牢騷，躍然紙上。三同四異之比，引起後世多少失意之士的强烈共鳴。唐劉知幾作史通，其自敍比於揚子雲者有四。清汪中作自序（述學補遺），比之孝標，有四同五異。江藩作漢學師承記述及汪中，又以自己相比：

嗟乎！劉子之遇，酷於敬通；容甫之阨，甚於孝標。以藩較之，豈知九淵之下，尚有重泉；食荼之甘，勝於嘗膽者哉！

於此，可見孝標自序對後世的巨大影響。廣絶交論結尾，作者憤世嫉俗之情更是達到了頂點：

嗚呼！世路險巇，一至於此，太行孟門，豈云嶄絶！是以耿介之士，疾其若斯，裂裳裹足，棄之長騖。獨立高山之頂，歡與麋鹿同群，皦皦然絶其雰濁，誠恥之也！誠畏之也！

在「連篇累牘，不出月露之形；積案盈箱，唯是風雲之狀」（李諤上隋高祖革文華書）的齊梁文苑之中，孝標的駢文，如盛開的芙蓉，出污泥而不染，應該引起我們的重視。

三

現在奉獻給讀者的這本書，乃一輯録本。各篇出處及用以比勘之本各不相同，分别於各篇頭條注文中標明，此不一一臚列。書名從隋志所著録的劉孝標集，而附以「校注」二字。文體分類及排列次第，略仿文選。仿漢唐人注書舊例，融校注爲一體，一條之中，注文在前，校語在後。採自文選之三篇，酌採李善舊注而注明之，其餘均另行新注。

本書附録内容有三，孝標有世説新語注及陸機五十首演連珠注，前者别爲一書，不在此編之列，後者今收入是編，並略作箋疏，是爲附録一。檢楊慎哲匠金桴、謝華啓秀等書，輯得孝標佚文數條，今略加辨證，綴於書後，是爲附録二。另外，梁書劉峻傳、拙作書梁書劉峻傳後，明張燮七十二家集劉户曹集小引，和明張溥漢魏六朝百三家集劉户曹集題辭這四篇記載和考證孝標生平事蹟的文字，亦予收入，是爲附録三。

劉孝標集校注卷一

詩

登郁洲山望海〔一〕

滄潦聯霄岫〔二〕，曾嶺鬱巑崱〔三〕。下盤鹽海底，上轉靈烏翼。滇澌非可辯〔四〕，鴻溶信難測〔五〕。輕塵久弭飛〔六〕，驚浪終不息。雲錦曜石嶼，羅綾文水色〔七〕。

【校注】

〔一〕此篇録自影宋本藝文類聚卷八。郁洲，在朐縣東北海中，山海經所謂郁山在海中者也。見水經淮水注。

〔二〕滄潦，海水。説文水部：「滄，寒也。」霄岫，猶雲山。霄，雲。後漢書張衡傳思玄賦：「涉清霄而升遐兮。」注：「霄，雲也。」岫，山有穴爲岫。見爾雅釋山。

〔三〕曾嶺，曾通層，文選謝惠連西陵遇風獻康樂：「屯雲蔽曾嶺。」鬱，滯不通也。見吕氏春秋達鬱「精氣鬱也」句高誘注。巑崱，峻嶺連綿貌。廣雅釋詁：「巑，高也。」集韻職韻：「崱，山連貌。」崱即崱字。

〔四〕滇淼，水大貌。左思吳都賦：「滇淼淼漫。」李善注：「山水闊遠無涯之狀。」辯，疑當作「辨」。

〔五〕鴻溶，廣大。楚辭九歎遠逝：「鴻溶溢而滔蕩。」

〔六〕弭，停止，消除。弭飛，不飛。文選木華海賦：「輕塵不飛。」

〔七〕雲錦二句：謂石嶼如雲錦般曜眼，水波似綾羅般閃光。木華海賦：「雲錦散文於沙汭之際，綾羅被光於螺蚌之節。」

出塞〔一〕

薊門秋氣清〔二〕，飛將出長城〔三〕。絶漠衝風急〔四〕，交河夜月明〔五〕。陷敵摐金鼓〔六〕，摧鋒揚旆旌〔七〕。去去無終極〔八〕，日暮動邊聲〔九〕。

【校注】

〔一〕此篇録自影宋本文苑英華卷一九七。

〔二〕薊，古燕都，此泛指塞外。

〔三〕飛將，漢代名將李廣，號飛將軍。此泛指邊將。

〔四〕絶，横穿。漠，大漠。文選班固封燕然山銘：「經磧鹵，絶大漠。」

〔五〕交河，交河城。漢書西域傳：「車師前國，王治交河城。河水分流繞城下，故號交河。」

〔六〕摐，擊。金鼓，指鉦和鼓。軍中號令用器。擊鼓進軍，鳴金收兵。漢書司馬相如傳：「摐金鼓，吹鳴籟。」

〔七〕摧鋒，摧毁敵軍前鋒。三國志蜀書黄忠傳：「忠摧鋒必進。」旆，古代旗邊上下垂的裝飾品，泛作旗幟通稱。詩商頌長發：「武王載旆，有虔秉鉞。」旆旌，旌旗。

〔八〕去去，越離越遠。文選蘇武雜詩：「去去從此辭。」終極，猶窮盡。

〔九〕邊聲，邊地悲涼之聲。文選李陵答蘇武書：「邊聲四起。」

始居山營室〔一〕

自昔厭諠囂〔二〕，執志好栖息〔三〕。嘯歌弃城市〔四〕，歸來事耕織〔五〕。鑿户闚嶕嶢〔六〕，開軒望嶄巇〔七〕。激水簷前溜，脩竹堂陰植。香風鳴紫鶯，高梧巢緑翼。泉脉洞杳杳〔八〕，流波下不極。㟗㠥玉山隈〔九〕，響像瑶池側〔一〇〕。夜誦神仙記〔一一〕，旦吸雲霞色。將馭六龍輿〔一二〕，行從三鳥食〔一三〕。誰與金門士〔一四〕，撫心論胸臆！

【校注】

〔一〕此篇録自影宋本藝文類聚卷三六。孝標於天監八年至金華山築室隱居，此詩當作於是年。

〔二〕諠囂，不清静。文選謝惠連泛湖歸出樓中翫月：「遠視邊諠囂。」

〔三〕執志，堅守其志。後漢書高鳳傳：「鳳年老，執志不倦。」栖息，指退隱。

〔四〕嘯歌，長嘯歌吟。太平御覽卷三九三引詩小雅白華曰：「嘯歌傷懷，念彼碩人。」

〔五〕歸來，陶淵明歸去來辭：「歸去來兮，田園將蕪胡不歸？」

〔六〕闃，窺視。易豐：「闃其户。」嶕嶢，高山。班固西都賦：「内則别風嶕嶢。」

〔七〕嶄巊，山高大貌。廣韻賺韻：「嶄，高峻。」集韻職韻：「崱，山連貌。」巊即崱字。

〔八〕洞，疾流，見説文水部。沓沓，疾行。漢書禮樂志：「騎沓沓，般縱縱。」

〔九〕玉山，傳説中的仙山。山海經西山經：「又西三百五十里曰玉山，是西王母所居也。」隈，山彎。

〔一〇〕響像，猶依稀。文選王延壽魯靈光殿賦：「忽瞟眇以響像，若鬼神之髣髴。」瑶池，傳説中西王母所居之地。列子周穆王：「遂賓於西王母，觴於瑶池之上。」

〔一一〕神仙記，即神仙傳，晉葛洪撰，隋書經籍志著録。

〔一二〕六龍輿，六條飛龍拉的車。易乾：「時乘六龍以御天。」

〔一三〕三鳥，三青鳥，傳説爲西王母取食者。山海經海内北經：「西王母梯几而戴勝杖，其南有三青鳥，爲西王母取食。」

〔一四〕金門，金馬門，宦者署。文選揚雄解嘲：「歷金門上玉堂有日矣。」

江州還入石頭〔一〕

鼓枻浮大川〔二〕，延睇洛城觀〔三〕。洛城何鬱鬱〔四〕，杳與雲霄半〔五〕。前望蒼龍門〔六〕，斜瞻白鶴館〔七〕。槐垂御溝道，柳綴金隄岸〔八〕。迅馬晨風趨〔九〕，輕輿流水散〔一〇〕。高歌梁塵下〔一一〕，緼瑟翔禽亂〔一二〕。我思江海遊〔一三〕，曾無朝市玩〔一四〕。忽寄靈臺宿〔一五〕，空軫及關歎〔一六〕。仲子入南楚〔一七〕，伯鸞出東漢〔一八〕。何能栖樹枝，取斃王孫彈〔一九〕。

【校注】

〔一〕此篇録自影宋本藝文類聚卷二八，以明隆慶元年閩刻文苑英華卷二八九比勘。（中華書局影宋本文苑英華，此卷用明刊本配補。）江州，今之九江。石頭，石頭城，今之南京，當時名建康，吴東晉宋齊梁陳建都於此。此篇，文苑英華誤署梁元帝作。

〔二〕枻（yì，音繹），槳。楚辭漁父：「鼓枻而去。」

〔三〕延睇，遥望。洛城，洛陽，周爲東都，三國魏、西晉建都於此。此借指建康。漢樂府長歌行：「遥觀洛陽城。」觀，宫門前兩邊的望樓。

〔四〕鬱鬱，濃盛貌。文選古詩青青陵上柏：「洛中何鬱鬱。」

〔五〕杳，高遠。見漢書揚雄傳上「杳旭卉兮」句顔師古注。

〔六〕蒼龍門，漢時洛陽東宫之門。取名於天象蒼龍七宿，史記天官書：「東宫蒼龍。」蒼，英華作「青」。

〔七〕白鶴館，在洛陽城宫内。漢宗廟樂舞辭觀德舞：「薦樱鶴館笳簫咽。」

〔八〕金隄，喻堤之堅。張衡西京賦：「周以金隄，樹以柳杞。」

〔九〕晨風，鷂的一種。詩秦風晨風：「鴥彼晨風。」毛傳：「晨風，鸇。」此言石頭城内馬騎如鸇一般疾趨。馬，英華作「鳥」。

〔一〇〕輕輿，車。吴都賦：「輕輿按轡以經隧。」流水散，喻車騎多而四出。後漢書馬皇后紀：「車如流水，馬如游龍。」

〔一一〕梁塵下，喻歌聲激越。文選嘯賦李善注引劉向别録曰：「善雅歌者魯人虞公，發聲清哀，遠動梁塵。」歌，英華作「唱」。

〔一二〕絚（gēng，音庚）瑟，奏瑟。絚，急張弦。楚辭九歌東君：「絚瑟兮交鼓。」翔禽亂，喻樂聲動人。列子湯問：「瓠巴鼓琴而鳥舞魚躍。」又見荀子勸學篇。絚，英華作「湘」。翔，本作「荆」，據英華改。

〔一三〕江海遊，浪跡江湖，喻隱退生涯。莊子讓王：「身在江海之上。」

〔一四〕朝市，朝廷和市肆，喻名利之場。史記張儀列傳：「臣聞争名者於朝，争利者於市。今三川周室，天下之朝市也，而王不争焉。」無，英華作「與」。

〔一五〕靈臺，古觀測天文星象、妖祥災異的建築。靈臺宿，後漢書第五倫傳李賢注引三輔決録注曰：「第五頡字子陵，倫小子。……洛陽無主人，鄉里無田宅，客止靈臺中，或十日不炊。」

〔一六〕軫，悲痛。楚辭九章哀郢：「出國門而軫懷兮」，王逸注：「軫，痛也。」及關，指老子見周之衰，乃遂去，西出關，隱而莫知其所終。見史記老子韓非列傳。文選趙至與嵇茂齊書：「昔李叟入秦，及關而嘆。」

〔一七〕仲子，陳仲子。皇甫謐高士傳云：陳仲子，齊人，楚王聞其賢，遣使持百金聘仲子，仲子與妻逃去，爲人灌園。

〔一八〕梁鴻，字伯鸞。後漢書梁鴻傳云：鴻，扶風人，入霸陵山中，以耕織爲業。東出關，過京，作五噫歌。

〔一九〕何能一句：喻官高必危，當全生遠禍。戰國策楚策：莊辛諫楚王曰：黄雀「俯噣白粒，仰棲茂樹，鼓翅奮翼，自以爲無患，與人無争也。不知夫公子王孫，左挾彈，右攝丸，將加己乎十仞之上。……晝遊乎茂樹，夕調乎酸鹹，倏忽之間，墜於公子之手。」

啓

送橘啓〔一〕

南中橙甘〔二〕，青鳥所食〔三〕。始霜之旦〔四〕，采之風味照座，劈之香霧噀人〔五〕。皮薄而味珍，脈不黏膚〔六〕，食不留滓。甘踰萍實〔七〕，冷亞冰壺〔八〕。可以熏神，可以芼鮮，可以漬蜜〔九〕。氈鄉之果〔一〇〕，寧有此邪？

【校注】

〔一〕本篇録自清嚴可均輯全上古三代秦漢三國六朝文全梁文。嚴謂録自橘録，然今本橘録（百川學海本、説郛本）無之，今姑存此。

〔二〕南中，古指今四川、貴州、雲南一帶，此處泛指南方。文選謝朓酬王晉安：「南中榮橘柚。」橙甘，甘指柑。文選潘岳爲賈謐作贈陸機：「在南稱甘，度北則橙。」

〔三〕青鳥，傳説中之神鳥。漢書司馬相如傳應劭注引伊尹書曰：「果之美者，箕山之東，青鳥之所，有盧橘，夏孰。」

〔四〕始霜，謂深秋。春秋繁露陰陽出入上下：「至於季秋而始霜，至於孟冬而始寒。」

〔五〕劈，剖。噀（xùn，音汛），噴。後漢書欒巴傳注引神仙傳曰：「巴獨後到，又飲酒西南噀之。」

〔六〕脈，橘瓣表層像血管般連貫着的網絡。

〔七〕踰，超過。萍實，萍蓬草之實，味甜。孔子家語致思：「楚昭王渡江，江中有物，大如斗，圓而赤，直觸王舟。舟人取之，王大怪之，遍問群臣，莫之能識。王使使聘於魯，問於孔子。子曰：『此所謂萍實者也，可剖而食之，吉祥也，唯霸者爲能獲焉。』」又云「食之甜如蜜」。

〔八〕亞，次於。冰壺，容冰之玉壺。文選鮑照白頭吟：「直如朱絲繩，清如玉壺冰。」

〔九〕可以三句：熏，通薰，薰染。熏神，調養精神。芼，取。詩周南關雎：「參差荇菜，左右芼之。」漬，浸。漬蜜，以糖漬之，製成蜜餞。

〔一〇〕氈鄉，以牧業爲主的民族聚居之地，此指當時北魏疆域。鮑照瓜步山楬文：「北眺氈鄉，南矚炎國。」

書

與何炯書〔一〕

訏超超越俗〔二〕，如半天朱霞〔三〕。歊矯矯出塵〔四〕，如雲中白鶴〔五〕。皆儉歲之粱稷〔六〕，寒年之纖纊〔七〕。

【校注】

〔一〕本篇録自中華書局排印本南史卷四九。全文已亡，此乃一片斷。何炯，字士光，廬江灊人。南史本傳謂其「常慕恬退，不樂進仕」。又云：「從兄戢謂人曰：『此子非止吾門之寶，亦爲一代偉人。』」後因父卒哀毁而亡。梁書入孝行列傳。

〔二〕訏，劉訏（四八八——五一八），字彦度，平原人，孝標族孫。南史本傳稱其純孝，安貧，避徵召，喜遊山澤，無喜愠之色，與世無争，衆論咸歸重。超超，卓越之貌。陶潛扇上畫贊：「超超丈人。」世説新語言語：「（王夷甫曰：）我與王安豐説延陵、子房，亦超超玄著。」越俗，超脱塵俗。曹植七啓：「遺世越俗。」

〔三〕朱霞，喻光彩照人。何晏景福殿賦：「遠而望之，若摛朱霞而耀天文；迫而察之，若仰崇山而戴垂雲。」

〔四〕歊，劉歊（四八八——五一九），字士光，平原人，訏之族兄。南史本傳稱其幼有識慧，六歲誦論語、毛詩，十二解莊子逍遥篇，及長，博學有文才，不娶不仕，與族弟訏並隱居求志，遨遊林澤，以山水書籍相娱。矯矯，高舉貌。漢書敍傳述賈誼傳：「賈生矯矯，弱冠登朝。」出塵，猶越俗，超出世俗之外。孔稚圭北山移文：「夫以耿介拔俗之標，蕭灑出塵之想。」

〔五〕雲中白鶴，喻其志向高潔。世説新語賞譽：「公孫度目邴原：所謂雲中白鶴，非燕雀之網所能羅也。」

〔六〕儉歲，歉收之年。逸周書糴匡：「年儉歲不足。」粱稷，指細糧，此泛指糧食。世説新語賞譽：「世稱庾文康爲豐年玉，穉恭爲荒年穀。」

〔七〕纖纊，謂絲綿。書禹貢：「荆河惟豫州……厥篚纖纊。」僞孔傳：「纊，細綿。」孔疏：「纊是新綿耳，纖是細，故言細綿。」

與宋玉山元思書〔一〕

驅馬金張之館〔二〕，飛蓋許史之廬〔三〕。習匡鼎之説詩〔四〕，騁谷雲之雕篆〔五〕。賓徒波涌，輿輪靡息〔六〕。當是時也，樂可言哉？然静思夫君，愀焉軫歎〔七〕。何則？方鑿圓枘，鉏鋙難從〔八〕；翔鳥游魚，蹉跎不狎〔九〕。是以賈生懷琬琰而挫翮〔一〇〕，馮子握璵璠而鎩羽〔一一〕。天誕英逸，獨擅民秀〔一二〕。心貞筠箭〔一三〕，德潤珪璋〔一四〕。信人之水鏡〔一五〕，一性之鎔範〔一六〕。而荆南雅曲〔一七〕，高音鮮和；河西名驥〔一八〕，滅没誰賞〔一九〕。故若先生者，進有三難〔二〇〕，退有三樂〔二一〕。竊觀先生未能鴻翔鸞起，騰霞躋漢〔二二〕，將由囿空桑麻〔二三〕，田無負郭〔二四〕。俛眉翕肩〔二五〕，以斯故爾。今賢弟賓從，抗鱗奮翼〔二六〕。或衣繡江塘〔二七〕，或鳴騶洛渚〔二八〕。連騎方驅，擊鍾乃食〔二九〕。蓴跗若是〔三〇〕，吾子復何憂哉？唯當纂兩仲之微迹〔三一〕，襲二疏之風流〔三二〕。生與漁父同嬉〔三三〕，死葬要離墓側〔三四〕。金石可碎，聲華無寂。斯道坦坦，先生幸其勗與〔三五〕。

【校注】

〔一〕本文録自影宋本藝文類聚卷三七，以國家圖書館藏明刻張燮七十二家集劉户曹集（簡稱張本）

比勘。宋元思，字玉山，史傳無載，其生平不詳。梁吴均亦有與宋元思書。均以宋泰始六年（四七〇）生，梁普通元年（五二〇）卒。孝標以宋大明六年（四六二）生，梁普通二年（五二一）卒。元思約與均及孝標同時。孝標此書謂元思「方鑿圓枘，鉏鋙難從」，在梁武之世，若「荆南雅曲，高音鮮和」，爲世俗所不容。書末，以兩仲、二疏、漁父、要離方之，則宛然一隱逸耳。

〔二〕金張，指漢代金日磾和張湯。漢書金日磾傳贊云：「七葉内侍，何其盛也！」又張湯傳云：「張氏之子孫「自宣元以來，爲侍中、中常侍、諸曹散騎、列校尉者凡十餘人。功臣之世，唯有金氏、張氏親近寵貴，比於外戚」。

〔三〕蓋，車蓋。許史，指漢代許廣漢和史高。許廣漢，漢宣帝許皇后父，封平恩侯。廣漢兩弟亦皆封侯。史高，漢宣帝祖母史良娣姪，史高兄弟三人均被宣帝封侯。許、史事均見漢書外戚傳。案此處之金張許史，借指當時之權臣貴戚，左思詠史詩：「朝集金張館，暮宿許史廬。」

〔四〕匡鼎，匡衡也。漢書匡衡傳云：「諸儒爲之語曰：『無説詩，匡鼎來；匡説詩，解人頤』。」顔師古注云：「鼎，猶當也。」張晏注漢書以鼎爲匡衡之字，孝標有漢書注一百四十卷（隋志史部著録），或孝標采張説。北齊薛廣墓志銘：「匡鼎同其解頤，杜預方其有癖。」（北京圖書館藏中國歷代石刻拓本彙編第七册），是南北朝時並以鼎爲匡衡之字，標不誤也。

〔五〕谷雲，谷永也，字子雲。雕篆，雕蟲篆刻，指詩賦。據漢書谷永傳載，永善筆札。揚子法言吾子：「曰：『然童子雕蟲篆刻。』俄而曰：『壯夫不爲也。』」以匡鼎谷永作譬，喻文事之盛。谷雲，楊慎謝華啓秀卷四録此句作「揚雲」，未知何據，今不改。

〔六〕賓徒二句：賓徒，賓朋弟子。輿輪靡息，車馬不息。

〔七〕静思夫君，詩衛風氓：「静言思之。」楚辭九歌雲中君：「思夫君兮太息。」愀（qiǎo，音巧），變色動容。禮記哀公問：「孔子愀然作色而對。」軫（zhěn，音枕），悲痛。楚辭九章哀郢：「出國門而軫懷兮。」

〔八〕鑿，孔。枘（ruì，音鋭），榫頭。鉏鋙（jǔ yǔ，音矩羽），不相配合。楚辭九辯：「圓鑿而方枘兮，吾固知其鉏鋙而難入。」

〔九〕狎，親近。此二句謂元思之與世人，猶翔鳥之與游魚，永不相類，終不親狎。

〔一〇〕賈生，漢賈誼，以屬文稱於郡中。文帝召爲博士，遷爲大中大夫，有所改革，爲絳灌馮敬之屬所忌，天子疏之，以爲長沙王傅。後又爲梁懷王太傅。梁王墮馬死，誼自傷爲傅無狀，歲餘亦死，年僅三十三。事見史記及漢書之賈誼傳。琬琰，玉名。楚辭遠遊：「懷琬琰之華英。」挫翮，毛羽摧落。喻失意不遇。

〔一一〕馮子，漢馮衍，幼有奇才，年九歲，能誦詩，至二十而博通羣書。後歸光武帝，有功當賞，以讒不行，遂埳壈以卒，事見後漢書本傳。璵璠，美玉。左傳定公五年：「陽虎將以璵璠斂。」鎩羽，猶挫翮，羽毛摧落。淮南子原道篇：「飛鳥鎩羽。」亦喻失意。

〔一二〕英逸，英俊卓越。文心雕龍才略：「體貌英逸。」民秀，猶人秀，顔延年五君咏五首阮始平：「實稟生民秀。」李善注：「禮記曰：『人者，五行之秀。』廣雅曰：『秀，美也。』」天，本作「夫」，據張本改。

〔一三〕筠箭，堅直有光澤之竹箭。禮記禮器：「其在人也，如竹箭之有筠也。」筠爲竹青，質堅，筠箭喻堅貞。

〔一四〕珪璋，玉器之貴重者，喻美德。曹丕與鍾大理書：「良玉比德君子，珪璋見美詩人。」

〔一五〕信人，誠實之人。水鏡，如水如鏡，喻人識見清明。世説新語賞譽：「此人（指樂廣），人之水鏡也，見之若披雲霧覩青天。」「之」字原闕，據張本補。

〔一六〕一性，謂其性合德，與物相應，能達至道之原，通自然之本。莊子達生：「一其性，養其氣，合其德，以通乎物之所造。」鎔範，鑄器之模範。

〔一七〕荆，楚。雅曲，陽春白雪之類。宋玉對楚王問：「客有歌於郢中者，其始曰下里巴人，國中屬而和者數千人。……其爲陽春白雪，國中屬而和者不過數十人。……是其曲彌高，其和彌寡。」

〔一八〕河西名驥，指張軌。晉書張軌傳云：軌字士彦，任涼州刺史時鮮卑叛，寇盜從横。軌到官即討破之，威著西州，化行河西。後王彌寇洛陽，軌遣軍擊破之，又敗劉聰於河東。京師歌之曰：「涼州大馬，横行天下。」

〔一九〕滅没，形容馬跑之迅疾。列子説符：「天下之馬者，若滅若没，若亡若失。」淮南子兵略篇：「剽疾輕悍，勇敢輕敵，疾若滅没，此善用輕出奇者也。」

〔二〇〕進，謂仕進。三難，三種難事。晉書劉毅傳：「官才有三難，而興替之所由也。人物難知，一也；愛憎難防，二也；情僞難明，三也。」

〔二一〕退，謂隱退。三樂，三種樂事。孟子盡心上：「孟子曰：『君子有三樂，而王天下不與存焉。父母俱存，兄弟無故，一樂也。仰不愧於天，俯不怍於人，二樂也。得天下英才而教育之，三樂也。』」

〔二二〕躋，登。漢，天河。鴻翔鸞起、騰霞躋漢，喻仕途得意。

〔二三〕囿，園地。桑麻，古代農業中重要的經濟作物。管子牧民士經：「藏於不竭之府者，養桑麻，畜六畜也。」

〔二四〕負郭，指近城之田。史記蘇秦傳：「且使我有洛陽負郭田二頃，吾豈能佩六國相印乎！」囿空桑麻，田無負郭，謂處境窘厄。

〔二五〕翕（xī，音吸）肩，縮肩。俛眉翕肩，低眉縮肩，是窘困之狀。此數句，乃「政由賄通」之別解耳。

〔二六〕抗，舉。奮，振。抗鱗奮翼，謂振作有爲。孫綽望海賦：「（鯤鵬）舉翰則宇宙生風，抗鱗則四瀆起濤。」司馬相如子虛賦：「於是蛟龍赤螭……振鱗奮翼。」

〔二七〕衣繡，穿錦繡衣服，比喻榮顯。三國志魏書張既傳：「太祖謂既曰：『還君本州，可謂衣繡晝行矣。』」

〔二八〕鳴騶（zōu，音鄒），謂顯貴出行。鳴，吆喝開道。騶，前後隨從騎士。孔稚圭北山移文：「鳴騶入谷。」

而擊鍾。」

〔二九〕連騎、擊鍾，謂其驕貴，出則連騎，食則擊鍾。漢書貨殖傳：「濁氏以胃脯而連騎，張里以馬醫而擊鍾。」

〔三〇〕萼跗，花萼。喻元思之賢弟賓從。

〔三一〕纂，繼。兩仲，羊仲、求仲，漢之隱逸。太平御覽卷四〇九引三輔決録曰：「蔣詡，字元卿，舍中三徑，惟羊仲、求仲從之遊，二仲皆推廉逃名之士。」

〔三二〕二疏，疏廣、疏受。漢書疏廣傳云：疏廣爲太傅，疏受爲少傅，叔姪二人因年老同時辭官，世以爲美談，稱二疏。此處「二疏之風流」，指其辭官而言。

〔三三〕漁父，當時的一個隱者。南史隱逸傳：「漁父者不知姓名，亦不知何許人。其人也，神韻蕭灑，垂綸長嘯。太康孫緬爲尋陽太守，見而怪之……漁父曰：『僕山海狂人，不達世務，未辨賤貧，無論榮貴。』於是悠然鼓棹而去。」嬉，本作「僖」，據張本改。

〔三四〕要離，春秋時吴人。吴公子光既弑吴王僚，憂僚子慶忌在外，遣要離往刺之。要離見慶忌於衛，言請與俱渡江，奪光之國。既至中江，拔劍刺慶忌，中其要害。慶忌義其行，釋之使還吴。要離至江陵，亦伏劍以報。事見吕氏春秋忠廉。

〔三五〕幸，希望。漢書灌夫傳：「幸得召見。」師古注：「幸，冀也。」勗（xù，音叙），勉。

與舉法師書〔一〕

聞諸行李〔二〕，高談徽德〔三〕，遂聽風聲〔四〕，心飛魂竦〔五〕。無異蘄仙之望石髓〔六〕，太陰之思龍燭〔七〕。蒼星昏昊〔八〕，凉雲送秋。道勝則肥〔九〕，固應頤攝〔一〇〕。衣裳虹蜺〔一一〕，帷幕霄露〔一二〕。餌黃菊之落蘂〔一三〕，酌清澗之毖流〔一四〕。旦候歸雁晨凫〔一五〕，暮聽羈雌獨鶴〔一六〕。神彯彯爾，蓋象蕭史之騎鳴鳳〔一七〕，列子之御長風〔一八〕。雖荆卿旁若無人〔一九〕，孝然堅卧冰雪〔二〇〕，沈沈隱隱〔二一〕，何以尚之哉〔二二〕！至於馳騖經囿〔二三〕，翱翔書圃〔二四〕，極龍宫之妙典〔二五〕，殫石室之鴻記〔二六〕。道生伏其天真〔二七〕，曼倩謝其辨物〔二八〕。若乃習是童子，厝志雕蟲〔二九〕，藻思内流〔三〇〕，英華外發。葳蕤秋竹〔三一〕，照曜春松。爵頌息明珠之譽〔三二〕，長門濫黄金之賞〔三三〕。盛矣美矣，焕其麗乎！昔旅浙河〔三四〕，嘗觀組績〔三五〕，不覺紙爇筆焚〔三六〕，魂魄斯盡。自兹厥後，兩絶珪璧〔三七〕。意睠睠於菁華〔三八〕，腸迴迴於九折〔三九〕。夫日御停照，不踰隙穴〔四〇〕；海若濆涌，莫限隈嵎〔四一〕。以玉抵鵲，幸傳餘寶〔四二〕。冀閱清徽，用瘳眩疾〔四三〕。然越民非黼冠之所〔四四〕，齊國豈奏韶之地〔四五〕。望與其進，無貽責焉〔四六〕。

【校注】

〔一〕本篇録自日本大正新修大藏經本廣弘明集卷二四，以四部叢刊影明汪道昆刻三十卷本廣弘明集（簡稱汪本）、四庫珍本釋文紀比勘。大正藏本廣弘明集有校勘記（簡稱校記），其異文足資參考者，酌情採入。舉法師，釋惠舉也。高僧傳卷九梁山陰雲門山寺釋智順傳云：釋智順圓寂之後，「法華寺釋惠舉又爲之墓誌」。惠舉事見於載記者僅此，餘則不可考矣。

〔二〕行李，古稱使者。左傳僖公三十年：「行李之往來，共其乏困。」

〔三〕徽德，美德。尚書舜典「慎徽五典」，僞孔傳：「徽，美也。」謝靈運撰征賦：「感皇祖之徽德。」

〔四〕逖聽，遠聽。文選司馬相如封禪文：「逖聽者風聲。」風聲，好的風氣。書畢命：「彰善癉惡，樹之風聲。」僞孔傳：「明其爲善，病其爲惡；立其善風，揚其善聲。」

〔五〕竦，動。文選木華海賦：「莫振莫竦。」李善注：「廣雅曰：『振，動也。』竦，亦動也。」

〔六〕蘄，通祈，求。蘄仙，求仙。石髓，即石鐘乳，古代傳説食之可成仙。神仙傳王烈傳：「神仙經云：『神山五百年輒開，其中石髓出，得而服之，壽與天相畢。』」

〔七〕太陰：陰氣之極盛者，古人用以指月，指冬，此則指午夜時分。龍燭，傳説中龍銜以照天之燭。楚辭天問：「燭龍何照？」王逸注：「有龍銜燭而照之也。」案燭龍實爲傳説中之神名，山海經大荒北經：「西北海之外，赤水之北，有章尾山，有神人面蛇身而赤，直目正乘，其瞑乃晦，其視乃明，……是謂燭龍。」是王逸所注與古代傳説有出入，其誤影響後人，遂有龍燭之説。

〔八〕蒼星，指東方蒼龍七宿。其中角、亢、房、心、尾諸宿又稱龍星，左傳桓公五年：「龍見而雩。」服虔注：「四月昏，龍星體見。」是説時入初夏，蒼龍七宿於黄昏時出現。昊，今本爾雅云：「春爲蒼天，夏爲昊天。」（釋天）但許慎五經異義與鄭玄駁異義所見爾雅以及歐陽尚書均作「春爲昊天，夏爲蒼天」，此處作春天解，謂蒼龍七宿於春天尚昏暗不明。此句與下句春、秋對舉，有四時代謝、光陰荏苒之意。蒼，原作「倉」，據汪本、釋文紀及原校所見之宫本（即舊宋本）、宋元明本改。

〔九〕道勝，謂舉法師佛道甚高。文選王巾頭陀寺碑文：「道勝之韻。」李善注引瑞應經（卷下）曰：「迦葉二弟問迦葉曰：『今乃捨梵志道，學沙門法，豈獨大其道勝乎？』迦葉答曰：『言佛道最勝。』」道勝而肥，淮南子精神篇：「子夏見曾子，一臞一肥，曾子問其故，曰：『出見富貴之樂而欲之，入見先王之道又説之，兩者心戰，故臞。先王之道勝，故肥。』」高誘注：「道勝，不惑縣於富貴，精神内守，無思慮，故肥也。」舉法師當爲體胖之人，此處故爲説其因道高思純而體胖。

〔一〇〕頤，養。頤攝，謂攝生保養。

〔一一〕衣裳虹蜺，謂以虹蜺爲衣裳，楚辭九歌東君：「青雲衣兮白霓裳。」

〔一二〕霄，雲氣。阮籍東平賦：「凌驚飆，躡浮霄。」句意謂以雲露爲帷幕。

〔一三〕餌，食也。落蘂，初開的花。離騷：「夕餐秋菊之落英。」落有始義，詩周頌訪落：「訪予落止。」毛傳：「訪，謀。落，始。」

〔一四〕毖，泉水涌出貌。詩邶風泉水：「毖彼泉水。」毛傳：「泉水始出，毖然流也。」毖流，剛剛涌出的泉水。

〔一五〕鳧，野鴨。左思蜀都賦：「晨鳧旦至，候雁銜蘆。」

〔一六〕羈，隻也。禮記内則「男角女羈」孔疏：「羈者隻也。」羈雌，雌鳥無偶。文選枚乘七發：「暮則羈雌迷鳥宿焉。」獨鶴，獨宿之鶴。鶴，原作「鵠」，據汪本、釋文紀及原校所見之宫本、宋元明本改。

〔一七〕蕭史，傳説中的神仙。列仙傳云：「蕭史者，秦穆公時人也，善吹簫，能致孔雀白鶴於庭。穆公有女字弄玉，好之，公遂以女妻焉，日教弄玉作鳳鳴。居數年，吹似鳳聲，鳳凰來止其屋。公爲作鳳臺，夫婦止其上不下數年。一日，皆隨鳳凰飛去。」

〔一八〕列子，列禦寇，戰國時鄭人。傳説列子能御風而行。莊子逍遥遊：「夫列子御風而行，泠然善也。」

〔一九〕荆卿，荆軻。史記刺客列傳：「荆軻既至燕，愛燕之狗屠及善擊筑者高漸離。荆軻嗜酒，日與狗屠及高漸離飲於燕市，酒酣以往，高漸離擊筑，荆軻和而歌於市中，相樂也，已而相泣，旁若無人。」旁，原作「傍」，據汪本改。

〔二〇〕孝然，即焦先，字孝然，三國時人。皇甫謐高士傳云：世莫知先所出，及魏受禪，常結草爲廬於河之湄，獨止其中。冬夏恒不着衣，卧不設席，野火燒其廬，因露寢。遭冬雪大至，先袒卧不移，人以爲死，就視如故，不以爲病，人莫能審其意。

〔二一〕沈沈，深貌。隱隱，盛貌。上林賦：「沈沈隱隱，砰磅訇礚。」

〔二二〕尚，超過。爾雅釋詁：「尚，右也。」言雖荆卿、孝然不能超過舉法師。

〔二三〕騖，交馳。馳騖，縱横疾馳。司馬相如上林賦：「馳騖乎仁義之塗。」囿，苑也。經囿，喻經籍聚集有如園苑。

〔二四〕書圃，喻書籍集中，如百花之圃。上林賦：「翱翔乎書圃。」

〔二五〕龍宮，指佛寺。妙典，珍本秘籍。廣弘明集梁簡文帝大法頌序：「極修妬之妙典，研龍宮之秘法。」按此本龍樹菩薩典故。龍樹傳言其入龍宮，得讀七寶華函中佛典妙法。

〔二六〕殫，盡。石室，國家藏書處。史記太史公自序：「紬史記石室金匱之書。」鴻記，鴻篇鉅製。

〔二七〕道生，宋僧竺道生。高僧傳卷七宋京師龍光寺竺道生傳云：道生，鉅鹿人，俗姓魏。初投吴之虎丘山，學徒數百。入廬山，幽棲七年，鑽研羣經。銷影巖岫，山中僧衆咸共敬服。

〔二八〕曼倩，漢東方朔字曼倩。朔善辯，著有答客難、非有先生論等。漢書東方朔傳贊曰：「劉向言少時數問長老賢人通於事及朔時者，皆曰朔口諧倡辨。」謝，猶慚。倩，原作「蒨」，據汪本、釋文紀及原校所見之元明本改。

〔二九〕若乃二句：是，猶「夫」也，「習是」猶「習夫」。禮記三年問：「今是大鳥獸。」荀子禮論「今是」作「今夫」。詳王引之經傳釋詞第九。厝，置，今字作「措」。厝志，猶放意也。雕蟲，雕蟲小技，謂詩賦。揚子法言吾子：「『然童子雕蟲篆刻。』俄而曰：『壯夫不爲也。』」

〔三〇〕藻思，謂詩思、文思。陸機文賦：「藻思綺合。」

〔三一〕葳蕤，繁盛。楚辭七諫初放：「上葳蕤而防露兮。」

〔三二〕爵頌，神雀頌。爵雀古通。論衡佚文篇：「永平中，神雀羣集，孝明詔上神爵頌，百官頌上，文皆比瓦石，惟班固、賈逵、傅毅、楊終、侯諷五頌金玉，孝明覽焉。」

〔三三〕長門，長門賦。司馬相如長門賦序：「孝武皇帝陳皇后，時得幸，頗妒，别在長門宫……聞蜀郡成都司馬相如天下工爲文，奉黄金百斤，爲相如文君取酒……而相如爲文以悟主上，陳皇后復得親幸。」

〔三四〕浙河，即浙江，在舊錢塘縣南一十二里。元和郡縣圖志卷二五杭州條云：「莊子云浙河，即謂浙江，蓋取其曲折爲名。」

〔三五〕組，絲帶。説文糸部：「組，綬屬也。」繢，通繪，文彩也。組繢，喻舉法師之文章。

〔三六〕爇，燒。紙爇筆焚，猶言不復爲文。盛言舉法師文章之美，自愧弗如。

〔三七〕絶，中斷。兩絶，謂兩次中斷聯繫。珪、璧，皆美玉，喻人學行之美。詩衛風淇奥：「有匪君子，如金如錫，如圭如璧。」此處以珪璧喻舉法師。

〔三八〕睠睠，思戀貌。詩小雅小明：「睠睠懷顧。」菁華，同精華，此喻指舉法師之詩文。

〔三九〕腸迴迴，喻掛念。楚辭九懷昭世：「腸回回兮盤紆。」九折，謂腸迴之又迴也。司馬遷報任少卿書：「腸一日而九迴。」折，汪本、釋文紀作「逝」。校記云：宫本、宋元明本作「逝」。

〔四〇〕夫日御二句：日御，羲和也，爲太陽駕車之神。楚辭離騷：「我令羲和弭節兮。」王逸注：「羲和，日御也。」隙穴，小孔。

〔四一〕海若二句：海若，海神名，即莊子秋水篇之北海若。隈嵎，山水之彎曲處。此以陽光之無不照，海水之無際涯，喻舉法師之文。

〔四二〕以玉二句：抵，擲。以玉抵鵲，喻寶物多而不自珍惜。鹽鐵論崇禮：「崑山之旁，以玉璞抵烏鵲。」崑山即崑崙山，傳説爲産玉之地。此處作者以玉比舉法師之文，自謙爲鵲，謂希望舉法師贈文於己。餘寶，指舉法師之文。幸，希望。釋文紀作「昔」。

〔四三〕清徽，謂清高之氣節。文選謝朓休沐重還道中：「霑沐仰清徽。」瘳（chōu，音抽），治愈。説文疒部：「瘳，疾瘉也。」

〔四四〕鬻，賣。鬻冠，用莊子逍遥遊典：「宋人資章甫（冠）而適諸越，越人斷髮文身，無所用之。」

〔四五〕韶，舜樂。論語述而：「子在齊聞韶，三月不知肉味。」韶是周代所存「六代之樂」之一，用於天子祀典。所以文中説「齊國豈奏韶之地」。

〔四六〕望與二句：與其進，用論語述而「與其進也，不與其退也」意。是希望得到舉法師教誨的謙詞。貽，遺留。

答郭峙書〔一〕

聞君子舊矣〔二〕，但人非豕鹿〔三〕，轉加蓬逝〔四〕。波駭雨散，動間山川〔五〕。故無由交羽觴〔六〕，薦雜佩〔七〕。睨浮雲以搔首〔八〕，臨清風而浩歌〔九〕。變燧迴星〔一○〕，亦云勞止〔一一〕。

【校注】

〔一〕本篇録自影宋紹興本藝文類聚卷三〇，以明刻張燮七十二家集劉户曹集（簡稱張本）比勘。郭峙，史傳無載，其生平今不可考。峙致孝標書，亦亡。

〔二〕君子，指郭峙。舊，久也。見詩大雅抑「告爾舊止」鄭玄箋。

〔三〕豕鹿，豕圈養，鹿聚居，常在一起。孔叢子儒服：「人生則有四方之志，豈鹿豕也哉，而常聚乎？」

〔四〕蓬，蓬草，秋枯花成絮狀，風捲飛轉，因以喻人到處飄零。潘岳西征賦：「飄萍浮而蓬轉。」蓬逝，張本作「遲滯」。

〔五〕波駭二句：喻友朋之間聚散無常，動輒間阻千里。波駭雨散，張本作「波駁雨滯」。

〔六〕羽觴，古酒器，據出土實物，其左右有象徵性的鳥羽刻飾。楚辭招魂：「瑤漿蜜勺，實羽觴些。」

〔七〕薦，獻。左傳昭公十五年：「薦彝器於王。」此處指友朋間的「贈」而帶有敬意。雜佩，佩戴於身上之玉飾，如珩、璜、琚、瑀、衝牙之類。詩鄭風女曰雞鳴：「知子之來之，雜佩以贈之。」

〔八〕睍，邪視。浮雲，蘇武古詩四首之四：「俯觀江漢流，仰視浮雲翔。良友遠別離，各在天一方。」李陵與蘇武詩三首之一：「仰視浮雲馳，奄忽互相逾。風波一失所，各在天一隅。」此處借典喻與郭峙各在一方。

〔九〕臨清風、浩歌，楚辭九歌少司命：「臨風怳兮浩歌。」

〔一〇〕變燧，喻四時變化。論語陽貨「鑽燧改火」，馬融注曰：「周書月令有更火之文：春取榆柳之火，夏取棗杏之火，季夏取桑柘之火，秋取柞楢之火，冬取槐檀之火。一年之中，鑽火各異木，故曰改火也。」迴星，指年歲更始。禮記月令：季冬之月，「日窮於次，月窮於紀，星回於天，數將幾終，歲且更始。」

〔一一〕止，語助詞。勞止，疲勞。詩大雅民勞：「民亦勞止。」

答劉之遴借類苑書〔一〕

九冬有隙〔二〕，三餘暇時〔三〕，多遊書圃〔四〕，代樹萱蘇〔五〕。若夫采亹亹於緗紈〔六〕，閱微言於殘竹〔七〕，嗢飫膏液，咀嚼英華〔八〕，不知地之爲輿，天之爲蓋〔九〕，靡測迴塘，莫辨輿馬〔一〇〕，烏足以言乎〔一一〕！是用周流墳索〔一二〕，詳觀圖牒〔一三〕，搦管聯册〔一四〕，纂兹英奇〔一五〕。蛩蛩之謀〔一六〕，止於善草；周周之計〔一七〕，利在銜翼。故鳩集斯文〔一八〕，蓋自綴其漏耳〔一九〕。豈冀藏山之石〔二〇〕，播於士大夫哉！

【校注】

〔一〕本文録自影宋紹興本藝文類聚卷五八，以明刻張燮七十二家集劉户曹集（簡稱張本）比勘。劉之遴（四七七—五四八），字思貞，南陽涅陽人。孝標類苑一書，成於天監八年（詳山栖志注〔一〕），此文當作於天監八年或稍後。劉之遴與孝標書（載藝文類聚卷五八），稱類苑爲「括綜百家，馳騁千載，彌綸天地，纏絡萬品」之奇書。類苑一百二十卷，隋志、兩唐志均著録，至南宋時陳振孫作書録解題，始云亡佚。

〔二〕九冬，冬季九十日稱九冬。太平御覽卷二七引梁元帝纂要曰：「冬曰玄英，亦曰安寧，亦曰玄冬、三冬、九冬。」隟，即隙，空閒之時。國語楚語：「四時之隙。」

〔三〕三餘，謂歲餘、日餘、時餘。三國志魏書王肅傳注引魏略曰：「（董）遇言：『冬者歲之餘，夜者日之餘，陰雨者時之餘也。』」

〔四〕書圃，見與舉法師書注〔二四〕。

〔五〕萱蘇，萱草和紫蘇。萱又作諼，俗稱忘憂草。詩衛風伯兮「焉得諼草」，毛傳：「諼草令人忘憂。」釋文：「諼，本又作萱。」紫蘇亦草名，可入藥。代樹萱蘇，指以遊書圃代替種萱蘇，有以書忘憂之意。徐陵玉臺新詠序：「代彼萱蘇，微蠲愁疾。」

〔六〕亹亹，謂詩文有吸引力。鍾嶸詩品上評張協：「詞旨葱蒨，音韻鏗鏘，使人味之亹亹不倦。」亹本有美義，文選孫綽遊天臺山賦：「彤雲斐亹以翼欞。」李善注：「斐亹，文貌。」此處亹亹即指文采。緗，淺黄色。紈，細絹。緗紈是紙張出現前古代寫本的材料，此借指書籍。

〔七〕微言，精微要妙之言。劉歆移書讓太常博士：「及夫子没而微言絶。」殘竹，指斷簡殘編。

〔八〕嘔，咽。飫，飽食。膏液、英華，喻前賢之文章著述。鍾嶸詩品上：「然其咀嚼英華，厭飫膏澤，文章之淵泉也。」

〔九〕不知二句：天爲蓋，地爲輿，見淮南子原道篇。後漢書延篤傳：「當此之時，不知天之爲蓋，地之爲輿。」言足不出户，忘却身外之物。

〔一〇〕靡測二句：靡測，不知。塘，堤。迴塘，塘堤之迴曲者，指郊遊之所在。張衡南都賦：「收驩命駕，分背迴塘。」輿馬，車和馬。二句言當其撰類苑時，用心專致，棄絶一切娱樂。辨，原作「辯」，今據張本改。

〔一一〕烏，焉，何。吕氏春秋明理：「烏聞至樂」，舊校云：「烏，一作焉。」是「烏」與「焉」通也。

〔一二〕周流，遍覽。墳索，泛指典籍。左傳昭公十二年：「左史倚相趨過，王曰：『是良史也……是能讀三墳、五典、八索、九丘。』」杜預注：「皆古書名。」蓋楚史所傳典籍，早已亡佚。孔安國尚書序釋爲三皇五帝之書、八卦之説、九州之志，只是一種臆釋。

〔一三〕圖，圖譜。牒，簡牒，簿册。

〔一四〕搦（nuò，音諾）管，握筆。

〔一五〕纂，編撰。英奇，喻指類苑。

〔一六〕蛩（qióng，音窮）蛩，獸名。山海經海外北經：北海「有素獸焉，狀如馬，名曰蛩蛩」。郭璞注：「即蛩蛩鉅虛也，一走百里，見穆天子傳。」亦作「邛邛」。爾雅釋地：「西方有比肩獸焉，與邛邛岠虛比，爲邛邛岠虛齧甘草。即有難，邛邛岠虛負而走，其名謂之蟨。」又見呂氏春秋不廣篇。

〔一七〕周周，鳥名，即翢翢。韓非子説林：「鳥有翢翢者，重首而屈尾。將欲飲於河，則必顛，乃銜其羽而飲之。」阮籍詠懷詩（其八）：「周周尚銜羽，蛩蛩亦念饑。」蛩蛩、周周四句，自謙編類苑並無大的目的，衹在於補己之短而已。

〔一八〕鳩，聚。鳩集，采輯。斯文，此文，指類苑。

〔一九〕綴，本義是縫合，此處有彌補之意。

〔二〇〕藏山，藏之名山，不朽之作的意思。史記太史公自序：「藏之名山，副在京師，俟後世聖人君子。」石，謂石刻。

〔附〕劉之遴與劉孝標書

閒聞足下作類苑，括綜百家，馳騁千載，彌綸天地，纏絡萬品。撮道略之英華，搜羣言之隱賾。鈆摘既畢，殺青已就。義以類聚，事以羣分。述征之妙，楊、班儔也。擅此博物，何快如之。雖復子野（案：師曠字子野，晉之主樂大師，事見逸周書、左傳、國語晉語、呂氏春秋等。）調聲，寄知音於後世；文信（案：呂不韋於莊襄王元年封文信侯，見史記呂不韋列傳。）搆覽，懸百金於當時，居然無以相尚。自非沉鬱澹雅之思，安能閉志經年，勤（疑當作勒。）成若此！吾嘗聞爲之者勞，觀之者逸。足下已勞於精力，宜令吾見異書。

（録自影宋本藝文類聚卷五八）

重答劉秣陵沼書〔一〕

劉侯既重有斯難，值余有天倫之戚〔二〕，竟未之致也。尋而此君長逝，化爲異物〔三〕。緒言餘論，蘊而莫傳〔四〕。或有自其家得而示余者，余悲其音徽未沫〔五〕，而其人已亡；青簡尚新，而宿草將列〔六〕，泫然不知涕之無從也〔七〕。雖隟駟不留，尺波電謝〔八〕，而秋菊春蘭，英華靡絶〔九〕。故存其梗概，更酬其旨〔一〇〕。若使墨翟之言無爽〔一一〕，宣室之談有徵〔一二〕；冀東平之樹，望咸陽而西靡〔一三〕；蓋山之泉，聞絃歌而赴節〔一四〕。但懸劍空壠〔一五〕，有恨如何！

【校注】

〔一〕本文録自中華書局影宋尤袤刻文選卷四三（簡稱尤刻本），以四部叢刊影宋本六臣注文選（簡稱六臣本）、影宋紹興本藝文類聚（簡稱類聚）、中華書局排印本梁書比勘。五臣注云：「初，孝標以仕不得志作辨命論，秣陵令劉沼作書難之，言不由命，由人行之。書答往來非一。其後沼作書未出而死，有人於沼家得書以示孝標，孝標乃作此書答之，故云重也。」明張鳳翼文選纂注（明萬曆刻本）卷九：「然書不及辨難，而但寓存殁之感，不知何以言答也。」清李慈銘曰：「劉孝標之答劉沼：『劉侯既重有斯難』云云，乃答書之序，非書也。自文選誤收入書類，題爲追答劉沼書，沿謁至今。考梁書文學劉峻傳，明云『峻乃爲書以序之曰』，以下所載之文，悉與文選同。南史峻傳削去其文，但云『峻乃爲書以序其事』，皆不誤也。文中絶無答書之語，而人莫之察。」（越縵堂讀書記史部正史類）錢鍾書管錐編論全梁文云：「實非書也。何焯批點文選云：『此似重答劉書之序』，是矣。」又云：「梁書文學傳云：『峻乃爲書以序之』云云，其爲重答書之序甚明。蓋弁於本書之首，自成起訖，而未另安題目。本書想必囂譊争辯，情詞遠遜，昭明遂割取弁語而棄置本文，却仍標原題。就本文言，不啻買櫝還珠，而就弁語言，無異乎賣馬脯而懸羊頭也。」案：辯命論作於天監八年（詳辯命論注〔一〕及山栖志注〔一〕），此文之作，當在天監八年至九年之間。題，類聚作「追答劉沼書」。

〔二〕劉侯二句：重有斯難，指沼再次「作書難之」。天倫，這裏指兄弟關係。穀梁傳隱公元年范甯注云：「兄先弟後，天之倫次。」天倫之戚，當指其兄孝慶故世（詳何焯義門讀書記卷四九）。重有斯難，類聚、梁書無「重」。

〔三〕異物，指亡故之人。文選魏文帝與朝歌令吴質書：「元瑜（阮瑀）長逝，化爲異物。」

〔四〕緒，餘。莊子山木：「食不敢先嘗，必取其緒。」緒言，餘言、遺言。五臣注云：「言沼之遺言餘論皆蕴藏而不傳於我也。」

〔五〕五臣注：「徽，美；沫，滅也。」余悲其，梁書無「余」。

〔六〕青簡，即竹簡，殺青寫就，故稱青簡。太平御覽卷六〇六引風俗通義曰：「殺青者，直治竹作簡書之耳。」宿草，陳草，隔年之草。此指墓草。禮記檀弓上：「曾子曰：『朋友之墓，有宿草而不哭焉。』」列，滿布。六臣本無「新」，於「而」下注云：「五臣作『新』。」案：六臣本譌。列，類聚作「烈」。烈，豐茂。亦通。

〔七〕泫然，淚流貌。涕之無從，言不知涕之從何而出。禮記檀弓上：「（孔子曰）：『予惡夫涕之無從也。』」梁書無「也」。

〔八〕雖隙二句：隙，穴也。隙駟，駟馬馳而過隙，喻速也。莊子知北游：「人生天地之間，如白駒之過郤（隙），忽然而已。」禮記三年問：「則三年之喪，二十五月而畢，若駟之過隙。」波、電，波與電光皆不久停，喻人生之短暫。謝，逝也。

〔九〕而秋二句：菊、蘭，隱喻文章之美。靡絶，尚存也。楚辭九歌禮魂：「春蘭兮秋菊，長無絶兮終古。」

〔一〇〕故存二句：謂於此略存劉沼之意，加以答覆。清張雲璈選學膠言卷一七云：「此是答死者書，亦剏見晉孔坦臨終與庾亮書，亮報書致祭，亦此意，已先峻有之。」

〔一一〕墨翟，墨子。墨翟之言，李善以爲指杜伯爲鬼復仇的故事。李注引墨子（明鬼下）：「昔周宣王殺其臣杜伯而不辜。杜伯曰：『吾君殺我而不辜，若以死者爲無知，則止矣。若死而有知，不出三年，必使吾君知之。』期三年，周宣王合諸侯而田於圃。日中，杜伯乘白馬素車，朱衣冠，執朱弓，挾朱矢，追宣王，射之車上，中心，折脊，殪車中，伏弢而死。」爽，差也。見詩衛風氓「女也不爽」句毛傳。

〔一二〕宣室之談，指漢文帝問鬼神事。漢書賈誼傳：「文帝……方受釐，坐宣室。上因感鬼神事，而問鬼神之本，誼具道所以然之故。」徵，驗。五臣注云：「言二人説鬼神事有實，則我可答書也。」

〔一三〕東平之樹，指漢東平思王墓上之松柏。漢書東平思王傳師古注引皇覽曰：「東平思王冢在無鹽，人傳言王在國思歸京師，後葬，其冢上松柏皆西靡也。」

〔一四〕蓋山二句，亦鬼神感應事。李善引宣城記曰：「臨城縣南四十里蓋山，高百許丈，有舒姑泉。昔有舒氏女與其父析薪，此泉處坐，牽挽不動，乃還告家。比還，唯見清泉湛然。女母曰：『吾女本好音樂。』乃絃歌，泉涌迴流，有朱鯉一雙。今作樂嬉戲，泉固涌出也。」赴節，動作合乎節拍。

〔一五〕懸劍空壠，指吳公子季札事。史記吳太伯世家：「季札之初使，北過徐君。徐君好季札劍，口弗敢言。季札心知之，爲使上國，未獻。還至徐，徐君已死，於是乃解其寶劍，繫之徐君冢樹而去。從者曰：『徐君已死，尚誰予乎？』季子曰：『不然。始吾心已許之，豈以死倍吾心哉！』」五臣注云：「言今所答，亦猶懸劍於墓樹而已。」壠，六臣本作「隴」。

劉孝標集校注卷二

論

辯命論〔一〕

主上嘗與諸名賢言及管輅〔二〕，歎其有奇才而位不達。時有在赤墀之下，豫聞斯議〔三〕，歸以告余。余謂士之窮通，無非命也〔四〕。故謹述天旨〔五〕，因言其致云〔六〕。

【校注】

〔一〕本文録自尤刻文選卷五四，以四部叢刊影宋本六臣注文選（簡稱六臣本）、影宋本藝文類聚（簡稱類聚）、中華書局排印本梁書比勘。南史劉峻傳云：「初，梁武帝招文學之士，有高才者多被引進，擢以不次。峻率性而動，不能隨衆沉浮。武帝每集文士策經史事，時范雲、沈約之徒皆引短推長，帝乃悦，加其賞賚。會策錦被事，咸言已罄，帝試呼問峻，峻時貧悴冗散，忽請紙筆，疏十餘事，坐客皆驚，帝不覺失色，自是惡之，不復引見。及峻類苑成，……帝即命諸學士撰華林徧略以高之，竟不見用，乃著辯命論以寄其懷。」峻撰類苑成在天監八年（詳山栖志注〔一〕），此論之作，亦當在天監八年或稍後。李善云：「孝標植根淄右，流寓魏庭，冒履艱危，僅至江左。負材矜地，自謂坐致雲霄。豈圖逡巡十稔，而榮慙一命。因茲著論，故辭多憤激，雖義越典謨，而足杜浮競也。」辯，類聚、梁書作「辨」。

〔二〕主上，謂梁武帝。管輅，三國時人。李善注引三國志（魏書方技傳）曰：「管輅，字公明，平原人也。舉秀才，弟辰謂輅曰：『大將軍待君意厚，冀當富貴乎？』輅長歎曰：『然天與我才明，不與我年壽，恐四十七八間，不見女嫁男娶婦也。』是歲八月爲少府丞，明年二月卒，年四十八。」五臣注云：「翰曰：辨人死生窮通必有命也，故因管輅以發此論。」

〔三〕赤墀，即丹墀，以丹漆地。説文土部「墀」字條下段注云：「惟天子以赤飾堂上而已。故漢未央殿青瑣丹墀。」豫，梁書作「預」。左傳莊公二十二年：「聖人爲之，豈猶豫焉。」陸德明釋文：「本亦作預。」是豫、預古通也。

〔四〕余謂二句：謂人之窮與達，皆由命而定，非人力可爲。李善注引莊子（秋水）：「孔子謂子路曰：『聖人知窮之有命，知通之有時，臨大難而不懼者，聖人之勇也。』」

〔五〕天旨，指天子的意旨。

〔六〕致，梁書作「略」。六臣本「云」下有「爾」。

臣觀管輅天才英偉〔七〕，珪璋特秀〔八〕，實海内之名傑〔九〕，豈日者卜祝之流乎〔一〇〕？而官止少府丞，年終四十八。天之報施〔一一〕，何其寡與！然則高才而無貴仕〔一二〕，饕餮而居大位〔一三〕，自古所歎，焉獨公明而已哉！故性命之道，窮通之數，夭閼紛綸〔一四〕，莫知其辨〔一五〕。仲任蔽其源〔一六〕，子長闡其惑〔一七〕。至於鶡冠甕牖〔一八〕，必以懸天有期〔一九〕；鼎貴高門〔二〇〕，則曰唯人所召〔二一〕。譊譊讙咋〔二二〕，異端斯起〔二三〕。蕭遠論其本而不暢其流〔二四〕，子玄語其流而未詳其本〔二五〕。

〔七〕英偉，英拔俊偉。晉書孫楚傳：「天才英博，亮拔不羣。」

〔八〕珪璋，玉器，這裏喻人品美如珪璋。禮記聘義：「圭璋特達，德也。」李善注引抱朴子曰：「陸士龍、士衡，曠世特秀，超古邈今。」（案今本抱朴子無此文。）

〔九〕名，梁書作「髦」。

〔一〇〕日者，以占候卜筮爲業的人。史記有日者列傳。裴駰集解：「然則古人占候卜筮，通謂之日者。」卜祝，主卜筮祭祝的人。司馬遷報任安書：「僕之先人，非有剖符丹書之功，文史星曆，近乎卜祝之間。」梁書無「乎」字。

〔一一〕報施，酬勞。史記伯夷列傳：「天之報施善人，其何如哉！」

〔一二〕貴仕，高爵。左傳僖公二十三年：「夫有大功而無貴仕，其人能靖者與，有幾？」五臣無「則」字。

〔一三〕饕餮，傳説中貪食之惡獸，喻貪婪而凶惡之人。左傳文公十八年：「縉雲氏有不才子，貪於飲食，冒於貨賄，天下之人，以比三凶，謂之饕餮。」

〔一四〕夭，折。閼，阻塞。夭閼，受阻而中斷。莊子逍遥遊：「背負青天，而莫之夭閼者。」紛綸，衆多、雜亂。司馬相如封禪書：「紛綸葳蕤，堙滅而不稱者，不可勝數也。」

〔一五〕辨，别。本作「辯」，據類聚、六臣本、梁書改。

〔一六〕王充，字仲任，東漢人。著有論衡。論衡命禄篇論「性命」「窮通」説：「凡人遇偶及遭累害，皆由命也。有死生壽夭之命，亦有貴賤貧富之命。」又云：「命當貧賤，雖富貴之，猶涉禍患矣。命當富貴，雖貧賤之，猶逢福善矣。」蔽其源，謂一言可以蔽其本源。

〔一七〕司馬遷，字子長。史記伯夷列傳：「或曰：『天道無親，常與善人。』若伯夷、叔齊可謂善人者非邪？積仁絜行如此而餓死！且七十子之徒，仲尼獨薦顔淵爲好學，……而卒蚤夭。……盗跖日殺不辜，肝人之肉……竟以壽終。……此其尤大彰明較著者也，……余甚惑焉！」闡其惑，謂啓人心之所惑。王充、司馬遷並言貧賤富貴夭壽皆有命，不在賢愚。

〔一八〕鶡冠，以鶡鳥羽爲冠，隱者之服。漢書藝文志：「鶡冠子一篇。楚人，居深山，以鶡爲冠。」甕牖，以破甕爲牖，貧賤之居。禮記儒行：「蓬户甕牖。」鶡，類聚及五臣作「褐」。

〔一九〕懸天有期，言命懸繫於天，必有其運。論衡辨祟：「人命懸於天，吉凶存於時。」懸，類聚作「玄」。

〔二〇〕鼎貴高門，富貴門第。漢書賈捐之傳：「(石)顯鼎貴，上信用之。」又于定國傳：「少高大閭門，令容駟馬高蓋車。」

〔二一〕唯人所召，謂富貴之命，不在天而在於人。左傳襄公二十三年：「禍福無門，唯人所召。」

〔二二〕譊譊，爭辯聲。讙咋，大聲呼叫。三國志蜀書孟光傳：「每與來敏爭此二義，光常譊譊讙咋。」

〔二三〕異端句：謂辯者各持己見，互不相讓，異端從此而生。斯，梁書作「俱」。

〔二四〕蕭遠：李康，字蕭遠，三國魏人。李善注：「李蕭遠作運命論，言治亂在天，故曰論其本。」

〔二五〕子玄，郭象，字子玄，晉人。李善注：「郭子玄作致命由己論，言吉凶由己，故曰語其流。」案李康運命論，載文選卷五三。郭象致命由己論，今佚。

嘗試言之曰〔二六〕：夫通生萬物，則謂之道〔二七〕，生而無主〔二八〕，謂之自然。自然者，物見其然，不知所以然〔二九〕；同焉皆得，不知所以得〔三〇〕。鼓動陶鑄，而不爲功〔三一〕；庶類混成，而非其力〔三二〕。生之無亭毒之心〔三三〕，死之豈虔劉之志〔三四〕？墜之淵泉非其怒，升之霄漢非其悦〔三五〕。蕩乎大乎，萬寶以之化〔三六〕；確乎純乎，一化而不易〔三七〕。化而不易，則謂之命〔三八〕。命也者，自天之命也〔三九〕。定於冥兆〔四〇〕，終然不變。鬼神莫能預，聖哲不能謀〔四一〕。觸山之力無以抗〔四二〕，倒日之誠弗能感〔四三〕。短則不可緩之於寸陰，長則不可急之於箭漏〔四四〕。至德未能踰，上智所不免〔四五〕，是以放勛之世，浩浩襄陵〔四六〕；天乙之時，焦金流石〔四七〕。文公躓其尾〔四八〕，宣尼絶其糧〔四九〕。顔回敗其叢蘭〔五〇〕，冉耕歌其芣苢〔五一〕。夷叔斃淑媛之言〔五二〕，子輿困臧倉之訴〔五三〕。聖賢且猶若此，而况庸庸者乎〔五四〕！至乃伍員浮尸於江流〔五五〕，三閭沈骸於湘渚〔五六〕，賈大夫沮志於長沙〔五七〕，馮都尉皓髮於郎署〔五八〕。君山鴻漸，鎩羽儀於高雲〔五九〕；敬通鳳起，摧迅翮於風穴〔六〇〕。此豈才不足而行有遺哉〔六一〕！

〔二六〕類聚無「試」字。

〔二七〕夫通二句：言唯道生萬物。老子四十二章：「道生一，一生二，二生三，三生萬物。」通，類聚、六臣本、梁書皆作「道」。

〔二八〕無主，道雖爲萬物之主宰，而不以主宰居之，故稱爲無主。老子五十一章：「故道生之，……生而不有，爲而不恃，長而不宰。」又老子三十四章：「大道氾兮，其可左右，萬物恃之而生而不辭……衣養萬物而不爲主。」

〔二九〕物見二句：謂事物能知其然而不能知其所以然，這就叫自然。換言之，人只能認命（富貴貧賤），而無法知其何以富貴，何以貧賤。李善注引莊子（達生）：「孔子觀於呂梁，見一丈夫，謂孔子曰：『吾長於水，而安於水，性也；不知吾所以然，命也。』」

〔三〇〕同焉二句：得，指所得之命，得富貴或得貧賤。莊子駢拇：「故天下誘然皆生而不知其所以生，同焉皆得而不知其所以得。」

〔三一〕鼓動二句：陶，陶冶。鑄，鎔鑄。言道鼓動天下，陶鑄萬物，而不求功於萬物。

〔三二〕庶類二句：庶，衆。庶類，衆物。混成，混沌之中自然生成。謂道混成衆物，而不以爲功。文選班固典引：「沈浮交錯，庶類混成。」

〔三三〕亭毒，化育、養育。老子五十一章：「長之育之，亭之毒之，養之覆之。」李善引王弼注曰：「亭謂品其形，毒謂成其質。」

〔三四〕虔劉，殺。左傳成公十三年：「芟夷我農功，虔劉我邊垂。」

〔三五〕墜之二句：李善注：「墜之淵泉，鱗屬也。升之霄漢，羽族也。言禀性不同，非天之有悦怒也。」淵泉，五臣作「深淵」。

〔三六〕蕩乎二句：蕩，廣。萬寶，萬物。莊子庚桑楚：「正得秋而萬寶成。」釋文：「天地以萬物爲寶，至秋而成也」。

〔三七〕確乎二句：確，堅。易乾文言：「確乎其不可拔。」純，專。國語周語：「能帥舊德，而守終純固。」化，謂化生萬物。易，改變。化，六臣本作「作」。

〔三八〕化而二句：謂化生萬物，終不改易之道，也就是命。

〔三九〕命也二句：言所謂命，即是天命。李善注引春秋元命苞曰：「命者，天之命也，所受於帝，行正不過，得壽命也。」

〔四〇〕冥，形容天之高遠。冥兆，天命的初兆。李善注引祖台之論命曰：「存亡壽夭，咸定冥初。」

〔四一〕鬼神二句：預，干預。文選潘岳西征賦：「生有脩短之命，位有通塞之遇，鬼神莫能要，聖智弗能豫。」能，類聚作「可」。

〔四二〕觸山之力，指古代神話傳説中的共工。共工氏有力，頭觸不周山，天維絶，地柱折。事見淮南子原道篇。抗，抗拒。言命運若來，雖有此力，無能抗捍。

〔四三〕倒日之誠，用魯陽公事。傳説楚平王孫魯陽公與韓構戰，日將暮，不勝，魯陽公至誠，援戈而推之，日爲之反三舍。事見淮南子覽冥篇。言命將去，雖此至誠，不能感留之。

〔四四〕短則二句：寸陰，一寸光陰。箭漏，古之計時器，以晝夜爲十二時，分百刻。言人命短者不可緩運於寸陰之間，長者又不可令急刻於箭漏之内，皆盡於自然。

〔四五〕至德二句：至德、上智，皆指聖賢。踰，超越。李善注引魏文帝典論曰：「夫生之必死，賢聖所不能免。」

〔四六〕是以二句：放勛，堯名。浩浩，洪水盛大貌。襄陵，淹没山陵。尚書堯典：「湯湯洪水方割，蕩蕩懷山襄陵，浩浩滔天。」世，梁書作「代」。

〔四七〕天乙二句：天乙，湯。焦金流石，誇張以喻烈日之酷。李善注引吕氏春秋云：「成湯之旱，煎沙爛石。」案此乃吕氏春秋佚文，又見劉向説苑君道。堯、湯非不聖明，洪水大旱，蓋天命也。

〔四八〕文公，周公旦。李善注引傅子曰：「周文王子公旦有聖德，謚曰文。」疐（zhì，音致），踩、絆。義同「疐」字。詩豳風狼跋：「狼跋其胡，載疐其尾。」跋也是踩的意思，胡是獸頷下下垂的肉。疐其尾，指自踩其尾，進退爲難，受到牽制的意思。周武王死後，成王年幼，周公攝政，管叔、蔡叔等流言攻擊，繼而又挾殷後武庚作亂，周公曾一時受到誤解和困擾。孝標認爲這是命。

〔四九〕宣尼，孔子。漢書平帝紀：「追謚孔子曰褒成宣尼公。」絶糧，指孔子在陳絶糧。論語衛靈公：「明日遂行，在陳絶糧。」孔子大聖人，而在陳絶糧，也是命。

〔五〇〕顏回，孔子弟子。孔子家語弟子解：「顏回年二十九而髮白，三十一而早死。」敗其叢蘭，喻早卒。李詳選學拾瀋曰：「劉峻辯命論『顏回敗其叢蘭』。詳案：論語子罕篇『苗而不秀』章，皇侃義疏云：『物既有然，人亦如此，所以顏回摧芳蘭於早年。』侃、峻並梁人，此語當有所承。」

〔五一〕冉耕，魯人，字伯牛，以德行著名，而有惡疾。見家語弟子解。芣苢，詩周南篇名。李善引韓詩曰：「采芣苢，傷夫有惡疾也。詩曰：『采采芣苢，薄言采之。』薛君曰：『芣苢，澤寫也。芣苢，臭惡之菜，詩人傷其君子有惡疾，人道不通，求己不得，發憤而作，以事興芣苢，雖臭惡乎，我猶采采而不已者，以興君子雖有惡疾，我猶守而不離去也。』」

〔五二〕夷叔，伯夷、叔齊。淑媛，女子。李善注引古史考曰：「伯夷、叔齊者，殷之末世孤竹君之二子也，隱於首陽山，采薇而食之。野有婦人謂之曰：『子義不食周粟，此亦周之草木也。』於是餓死。」

〔五三〕子輿，孟子名軻，字子車，車、輿古通，故誤輿，説詳梁章鉅文選旁證卷四三。訴，詆毁。孟子因臧倉的詆毁而不得見魯平公。孟子曰：「吾之不遇魯侯，天也，臧氏之子焉能使予不遇哉！」見孟子梁惠王下。

〔五四〕庸庸者，庸人。李善注引大戴禮記（主言）：「孔子曰：『所謂庸人者，口不能道善言，而志不邑邑，此可謂庸人也。』」

〔五五〕伍員，字子胥，春秋時楚人，後歸吴，爲伯嚭所讒，吴王賜死，乃取子胥尸盛以鴟夷革，浮之江中。事見史記伍子胥列傳。

〔五六〕屈原，楚懷王時任左徒、三閭大夫。屈原投汨羅以死，故曰沈骸湘渚。匡謬正俗卷七「渚」字條：「劉孝標辯命論云：『三閭沈骸於湘渚。』案屈原赴汨羅而死，謂深水處，非洲渚也。」

〔五七〕賈大夫，賈誼。見與宋玉山元思書注〔一〇〕。

〔五八〕馮都尉，當指馮唐，漢文帝時唐爲郎官署長，文帝曾問他：「父老何自爲郎？」但後來文帝曾拜他爲車騎都尉，景帝又用他爲楚相，武帝時求賢良舉唐，因年已九十餘不能爲官，乃以子遂爲郎。此處孝標可能記憶有誤，所云「馮都尉皓髮於郎署」與事實略有出入，係將馮都尉事與顔駟皓髮爲郎事（見文選張衡思玄賦李善注引漢武故事）相混了。

〔五九〕君山二句：桓譚，字君山，漢沛國相人。鴻漸，言鴻飛自陸漸高，喻仕宦漸進高位。易漸：「鴻漸于陸。」鎩，殘。鎩羽儀，喻桓譚爲漢光武帝所放而死。高雲，喻桓譚當時地位不低。李善注引東觀漢記（桓譚傳）曰：「桓譚，字君山，少好學，徧治五經。光武即位，拜議郎，詔會議雲臺，上問譚曰：『吾以讖决之，何如？』譚不應，良久，對曰：『臣生不讀讖。』問其故，譚頗有所非是。上怒曰：『桓譚非法，將去斬之！』譚叩頭流血，乃貰。由是失旨，遂不復轉遷。出補六安太守丞，之官，意不樂，道病卒。」

〔六〇〕 敬通，漢馮衍字敬通，後漢書馮衍傳謂衍幼有奇才，年二十博通羣書，新莽時，從劉玄興漢，玄歿歸光武，光武帝以其歸遲，黜之。命爲曲陽令，有功當賞，以讒不行。終被廢，埳壈而卒。鳳起，喻馮衍以才起。摧迅翮，喻馮衍受抑而不被見用。風穴，來風之穴。淮南子覽冥篇：「暮宿風穴」，注：「北方寒風從地出也。」喻馮衍身處是非之地，遭到讒毁。

〔六一〕 此豈句：六臣本注云：「濟曰：上之所述，聖賢遭其時難，或有不達而死，豈是才不足而行有遺？蓋天命也。」行有遺，行爲有失檢點。

近世有沛國劉瓛，瓛弟璡，並一時之秀士也〔六二〕。瓛則關西孔子，通涉六經，循循善誘，服膺儒行〔六三〕。璡則志烈秋霜，心貞崑玉，亭亭高竦，不雜風塵〔六四〕。皆毓德於衡門〔六五〕，並馳聲於天地。而官有微於侍郎，位不登於執戟〔六六〕。相次殂落，宗祀無饗〔六七〕。因斯兩賢，以言古則〔六八〕。昔之玉質金相〔六九〕，英髦秀達〔七〇〕，皆擯斥於當年〔七一〕，韞奇才而莫用〔七二〕，候草木以共彫〔七三〕，與麋鹿而同死〔七四〕。膏塗平原〔七五〕，骨填川谷，堙滅而無聞者，豈可勝道哉〔七六〕。此則宰衡之與皁隸〔七七〕，容彭之與殤子〔七八〕，猗頓之與黔婁〔七九〕，陽文之與敦洽〔八〇〕，咸得之於自然，不假道於才智〔八一〕。故曰「死生有命，富貴在天」〔八二〕，其斯之謂矣〔八三〕。

〔六二〕 近世三句：近世，謂齊朝。劉瓛、劉璡，李善注引南齊書（劉瓛傳）：「劉瓛，字子珪，沛國人。

宋大明四年舉秀才。少篤學，博通五經，爲安成王撫軍，行參軍公事，免，自此不復仕。永明初，遇疾卒。瓛弟璡，字子璥，方軌正直。文惠太子召璡入侍東宮。每上事，輒削草，尋署射聲校尉，卒於官。」

〔六三〕瓛則四句：關西孔子，本指東漢楊震。後漢書楊震傳：震字伯起，「明經博覽，無不窮究，諸儒爲之語曰：『關西孔子楊伯起。』」這裏是説劉瓛爲人猶如楊震。循循善誘，循循，有次序貌；誘，勸導，言以正道勸人，人有所序。論語子罕：「夫子循循然善誘人。」儒行，儒家之德行，禮記有儒行篇。南齊書劉瓛傳：「（瓛）儒學冠於當時，京師士子貴遊，莫不下席受業。」

〔六四〕璡則四句：秋霜，喻潔白。崑玉，古傳説崑崙山産玉，喻堅貞。後漢書孔融傳：「懔懔焉，皜皜焉，其與琨玉秋霜比質可也。」亭亭，高貌。不雜風塵，謂其不染塵俗。文選郭璞游仙詩：「高蹈風塵外。」六臣本「玉」下有「必」。

〔六五〕毓德，養德，毓同育。易蠱：「君子以振民育德。」衡門，横木爲門，簡陋之居，甘於貧賤的隱士所遊息之地。詩陳風衡門：「衡門之下，可以棲遲。」

〔六六〕而官二句：言官位不高。文選東方朔答客難：「官不過侍郎，位不過執戟。」微，官卑。公羊傳僖公八年：「王人者何？微者也。」登，高。國語晉語：「不哀年之不登。」

〔六七〕相次二句：殂落，死。尚書舜典：「帝乃徂落。」宗祀無饗，謂絶後。南史劉顯傳：「族伯瓛卒無嗣，齊武帝詔顯爲後。」次，梁書作「繼」。殂，梁書作「徂」。

〔六八〕因斯二句：兩賢，指瓛、璡。古則，自古以來的典則。

〔六九〕玉質，喻内在美。金相，喻外形美。

〔七〇〕英髦，英俊之才。秀達，傑出之士。

〔七一〕擯斥，見棄、被排斥。

〔七二〕韞，藏。見論語子罕「韞匵而藏諸」句何晏集解。

〔七三〕俟，等待。俟草木共彫，李善注引楚辭（九辯）：「願徼幸而有待兮，宿莽與野草同死。」俟，本作「徼」，據類聚、六臣本及梁書改。

〔七四〕與麋鹿同死，楚辭七諫初放：「死日將至兮，與麋鹿同坑。」以上二句喻終身隱於草野。

〔七五〕膏，脂膏。文選司馬相如喻巴蜀檄：「肝腦塗中原，膏液潤野草。」

〔七六〕堙滅二句：堙滅，埋没。勝，盡。文選司馬相如封禪文：「湮滅而不稱者不可勝數。」堙，梁書作「湮」。

〔七七〕宰，冢宰，亦稱太宰，主持國政，統理百官。尚書周官：「冢宰掌邦治，統百官，均四海。」衡，阿衡，商代官名，相當於國相。詩商頌長發：「實維阿衡，實左右商王。」後遂引申爲輔助帝王，世説新語黜免：「殷仲文既素有名望，自謂必當阿衡朝政。」皁隸，古時人分十等，皁、隸皆爲卑賤之屬。左傳昭公七年：「人有十等。……故王臣公，公臣大夫，大夫臣士，士臣皁，皁臣輿，輿臣隸，隸臣僚，僚臣僕，僕臣臺。」

〔七八〕容，容成公；彭，彭祖。容成公、彭祖並長壽者。事見列仙傳。殤子，夭亡者。李善注引莊子（齊物論）：「天下莫大於秋毫之末，而太山爲之小；莫壽乎殤子，而彭祖爲之夭。」

〔七九〕猗頓，春秋時魯人。問術於陶朱，適河東，畜牛羊於猗氏之南，以興富猗氏，故曰猗頓。事見孔叢子陳士義。黔婁，春秋時齊人，古之貧士。修清節，不求進於諸侯，食不充虛，衣不蓋形。事見皇甫謐高士傳。

〔八〇〕陽文，楚之美女。淮南子脩務篇：「不待脂粉芳澤，而性可説者，西施陽文也。」敦洽，醜女也。呂氏春秋遇合：「陳有惡人焉，曰敦洽讎糜，椎顙廣顔，色如漆赭，垂眼臨鼻，長肘而盭。」

〔八一〕咸得二句：五臣注云：「言上之所述，貴賤、壽夭、富貴、美醜之事，皆於自然，豈假道於才智之理。」

〔八二〕故曰二句：論語顔淵：「子夏曰：『商聞之矣，死生有命，富貴在天。』」

〔八三〕六臣本注云：「五臣無『其』字。」

然命體周流〔八四〕，變化非一；或先號後笑〔八五〕，或始吉終凶〔八六〕，或不召自來〔八七〕，或因人以濟〔八八〕。交錯糾紛〔八九〕，迴還倚伏〔九〇〕。非可以一理徵〔九一〕，非可以一途驗〔九二〕。而其道密微〔九三〕，寂寥忽慌〔九四〕。無形可以見，無聲可以聞〔九五〕。必御物以效靈，亦憑人而成象〔九六〕，譬天王之冕旒，任百官以司職〔九七〕。而或者覩湯武之龍躍〔九八〕，謂龕亂在神功〔九九〕；聞孔墨之挺生〔一〇〇〕，謂英睿擅奇響〔一〇一〕；視彭韓之豹變〔一〇二〕，謂鷙猛致人爵〔一〇三〕；見張桓之朱紱〔一〇四〕，謂明經拾青紫〔一〇五〕：豈知有力者運之而趨乎〔一〇六〕！

〔八四〕命體，命運的樣式。周流，周轉。易繫辭下：「變動不居，周流六虛。」命體，六臣本注云：「五臣作『體命』。」

〔八五〕先號後笑，謂先窮而後達。易繫辭上：「同人，先號咷而後笑。」六臣本注云：「五臣『號』下有『而』。」

〔八六〕六臣本注云：「五臣『吉』下有『而』。」

〔八七〕召，請。呂氏春秋分職：「令召客者酒酣。」老子七十三章：「不召而自來。」

〔八八〕濟，成。尚書君陳：「必有忍，其乃有濟。」李善注引傅子云：「昔人知下相接之易，故因人以致人。」

〔八九〕糾紛，亂貌。子虛賦：「交錯糾紛。」糾紛，梁書作「紛糾」。

〔九〇〕迴還，循環。倚伏，指事物相互依存，存在着相互轉化的可能。老子五十八章：「禍兮福所倚，福兮禍所伏。」迴還，梁書作「循環」。

〔九一〕徵，證明。論語八佾：「夏禮吾能言之，杞不足徵也。」

〔九二〕途，道路。驗，驗證。李善注引抱朴子（辭義）曰：「駑鋭不可以一塗驗。」

〔九三〕密，隱，深。易繫辭上：「退藏于密。」微，無形。老子十四章：「搏之不得名曰微。」密微，六臣本注云：「五臣作『微密』。」

〔九四〕寂，無聲。寥，無形。老子二十五章：「有物混成，先天地生。寂兮寥兮，……吾不知其名，字之曰道。」忽慌，即恍惚，不明貌。老子二十一章：「道之爲物，惟恍惟惚。」

〔九五〕無形二句，吕氏春秋大樂：「道也者，視之不見，聽之不聞，不可爲狀。」孝標所論的「命」，也就是道。

〔九六〕必御二句：御，憑。文選曹植雜詩：「臨牖御櫺軒。」李善注：「御，憑也。」二句言運命借物憑人呈其靈象。

〔九七〕譬天二句：冕旒，皇冠。二句以皇帝的政權是通過百官的職司而得到具體表現的作譬，喻「命」的存在是通過萬物來「效靈」「成象」的。

〔九八〕湯，商湯。武，周武王。龍躍，喻升天子位。易乾：「飛龍在天。」又曰：「或躍在淵。」或，梁書作「惑」。

〔九九〕龕，通戡，平定。神功，神授之功。李善注引墨子（非攻）：「夏桀時，天乃命湯於鑣宫，有神來告曰：『夏德大亂，往攻之，予必使汝大戡之。』商王紂時，周武王見三神曰：『予既沈漬殷紂於酒德矣，往攻之，予必使汝大戡。』」龕，類聚、六臣本作「戡」。

〔一〇〇〕孔，孔子；墨，墨翟。挺生，言其誕生乃卓絶特出者。李善注引蔡邕陳太丘碑：「元方、季方，皆命世挺生，膺期特授。」

〔一〇一〕英睿，超凡入聖。謂聖賢靠其資質自擅其聲。

〔一〇二〕彭，彭越；韓，韓信。豹變，喻地位轉變，由貧賤而顯貴。易革：「象曰：君子豹變，其文蔚也。」彭越本常漁鉅野澤中，後隨劉邦多建奇功，封爲梁王。韓信曾漂泊無依，歸劉邦後伐魏、舉趙、降燕，與劉邦圍項羽於垓下，封楚王。彭韓，類聚作「韓彭」。

〔一〇三〕鷙，猛禽。鷙猛，喻彭韓有禽獸之猛。人爵，指封王封侯。

〔一〇四〕張，張禹；桓，桓榮。漢書張禹傳：張禹字子文，善説論語，曾受命授太子，遷光禄大夫，賜關内侯。後漢書桓榮傳：桓榮治歐陽尚書，爲太子少傅，封關内侯，食邑五千户。朱紱，紅色印綬，公侯所佩。禮記玉藻：「公侯佩山玄玉，而朱組綬。」

〔一〇五〕明經，通曉經術。青紫，貴服，喻高位。漢書夏侯勝傳：「士病不明經術；經術苟明，其取青紫如俛拾地芥耳。」

〔一〇六〕有力者，指天道、命運。

故言而非命〔一〇七〕，有六蔽焉爾〔一〇八〕。請陳其梗槩〔一〇九〕：夫靡顔膩理〔一一〇〕，哆噅顣頞〔一一一〕，形之異也；朝秀晨終〔一一二〕，龜鵠千歲〔一一三〕，年之殊也；聞言如響〔一一四〕，智昏菽麥〔一一五〕，神之辨也〔一一六〕。同知三者，定乎造化；榮辱之境，獨曰由人〔一一七〕，是知二五而未識於十〔一一八〕，其蔽一也。

〔一〇七〕非命，否定天命。墨子有非命篇。

〔一〇八〕蔽，同弊。梁書無「爾」。

〔一〇九〕梁書「請」上有「余」。

〔一一〇〕靡，美。理，肌理。靡顔膩理，美好的容貌。楚辭招魂：「靡顔膩理，遺視矊些。」

〔一一一〕哆，張口。噅，口不正。顣頞，緊皺眉頭。哆噅顣頞，言容貌醜陋。

〔一一二〕朝秀，一種朝生暮死之蟲，生水上，狀似蠶蛾。淮南子道應篇：「朝秀不知晦朔。」晨，梁書作「辰」。

〔一一三〕龜、鵠，皆長壽之物。李善注引養生要曰：「龜鵠壽千百之數。」鵠，梁書作「鶴」。疑當作「鶴」，説詳朱珔文選集釋卷二四。

〔一一四〕聞言如響，謂聞言即對，若響之應聲。言其智明。史記田完世家：「是人者，吾語之微言五，其應我若響之應聲，是人必封不久矣。」

〔一一五〕菽，大豆。豆麥殊形易別，唯癡愚者不能辨。左傳成公十八年：「周子有兄而無慧，不能辨菽麥，故不可立。」

〔一一六〕辨，别也。見左傳隱公五年「辨等列」句陸德明釋文。

〔一一七〕同知二句：三者，謂美醜、壽夭、智愚。造化，本指自然的創造化育。這裏指的是「命」。榮辱，猶言興衰。莊子逍遥遊：「定乎内外之分，辨乎榮辱之境。」

〔一一八〕知二五而未識於十，有「只知其一，不知其二」，「知其然不知其所以然」之類的意思。史記越王句踐世家：「越兵不起，是知二五而不知十也。」

龍犀日角，帝王之表〔一一九〕；河目龜文，公侯之相〔一二〇〕。撫鏡知其將刑〔一二一〕，壓紐顯其膺籙〔一二二〕。星虹樞電〔一二三〕，昭聖德之符；夜哭聚雲〔一二四〕，鬱興王之瑞〔一二五〕。皆兆發於前期，涣汗於後葉〔一二六〕。若謂驅貔虎，奮尺劍〔一二七〕，入紫微，升帝道〔一二八〕，則未達窅冥之情〔一二九〕，未測神明之數，其蔽二也。

〔一一九〕龍犀二句：龍犀，頭骨隆起，狀如犀角，古人認爲是帝王之相。李善注引朱建平相書曰：「額有龍犀入髮，左角日，右角月，王天下也。」案：朱建平，三國魏人，善相術。隋書經籍志著録有相書四十六卷，不署名。

〔一二〇〕河目二句：河目，目上下匡平曰河目，見家語困誓王肅注。孔叢子嘉言：「吾觀孔仲尼有聖人之表，河目而隆顙，黄帝之形貌也。」龜文，謂足有龜文。後漢書李固傳：「固貌狀有奇表，鼎角匿犀，足履龜文。」注：「足履龜文者二千石，見相書。」

〔一二一〕撫鏡知刑，三國志蜀書周羣傳：「蜀郡張裕……曉相術，每舉鏡視面，自知刑死，未嘗不撲之於地。」

〔一二二〕紐，器物之隆起如鼻，而有孔以穿組者。如印有印紐。此處之紐，指璧之紐。壓紐，楚平王幼年事。左傳昭公十三年：「初，共王無冢適，有寵子五人，無適立焉，乃大有事於羣望，而祈曰：『請神擇於五人者使主社稷。』乃徧以璧見於羣望曰：『當璧而拜者，神所立也，誰敢違之。』既，乃與巴姬密埋璧於大室之庭，使五人齊，而長入拜。康王跨之，靈王肘加焉，子干子晳皆遠之。平王弱，抱而入，再拜，皆厭紐。」膺録，謂受命爲天子。録通籙，符命。文選張衡東京賦：「高祖膺籙受圖。」

〔三三〕星虹，謂大星如虹。李善注引春秋元命苞曰：「大星如虹，下流華渚，女節夢意，感生朱宣。」朱宣即少昊氏。樞電，謂大電繞樞星。李善注引詩含神霧曰：「大電繞樞，照郊野，感符寶，生黄帝。」

〔三四〕夜哭、聚雲，皆漢高祖事。漢書高帝紀：劉邦微時送徒酈山，途中斬大澤之蛇。有老嫗夜哭，問之，對曰：「吾子白帝子也，化爲蛇，當道，今者赤帝子斬之。」白帝子謂秦，赤帝子指漢。又曰：劉邦曾隱於芒碭山，上有聚雲，氣如蓋。文選陸機漢高祖功臣頌：「彤雲晝聚，素靈夜哭。」

〔三五〕鬱，氣盛貌。興王，指成就帝業的聖人。

〔三六〕涣汗，流布貌。易涣：「涣汗其大號。」後葉，後世。

〔三七〕若謂二句：貔(pí，音皮)，古代傳説之猛獸。貙貔虎，指黄帝。史記五帝本紀：「軒轅乃修德振兵……教熊羆貔貅貙虎，以與炎帝戰於阪泉之野。」奮尺劍，指漢高祖。史記高祖紀：高祖曰：「吾以布衣提三尺劍取天下，此非天命乎！」

〔二八〕入紫二句：紫微，帝宫。帝道，帝位。

〔二九〕窅冥，幽深難明，指天道。老子二十一章：「窈兮冥兮，其中有精。」窅通窈。

空桑之里，變成洪川〔三〇〕；歷陽之都，化爲魚鼈〔三一〕。楚師屠漢卒，睢河鯁其流〔三二〕；秦人坑趙士，沸聲若雷震〔三三〕。火炎崑嶽，礫石與琬琰俱焚〔三四〕；嚴霜夜零，蕭艾與芝蘭共盡〔三五〕。雖游夏之英才〔三六〕，伊顔之殆庶〔三七〕，焉能抗之哉？其蔽三也。

〔三〇〕空桑二句：謂滄桑之變。吕氏春秋本味：「有侁氏女子採桑，得嬰兒於空桑之中，獻之其君，其君令烰人養之，察其所以然。曰，其母居伊水之上，孕，夢有神告之曰：『臼出水而東走，毋顧。』明日，視臼出水，告其鄰，東走十里，而顧其邑，盡爲水，身因化爲空桑。」

〔三一〕歷陽二句：謂歷陽之都，一夕化而爲湖，見淮南子俶真篇高誘注。彼云：「歷陽，淮南國之縣名，今屬江都。昔有老嫗，常行仁義，有二諸生過之，謂曰：『此國當没爲湖。』謂嫗：『視東城門閫有血，便走上北山，勿顧也。』自此，嫗數往視門閫，閽者問之，嫗對如是。其暮，門吏故殺雞涂血門閫，明日，老嫗早往視門，見血，便走上北山，國没爲湖。」

〔三二〕楚師二句：係寫項羽事。漢書項籍傳：項羽從蕭晨擊漢，至彭城，大破漢軍。漢軍南走山，楚又追擊至靈辟東睢水上。漢卒十餘萬皆入睢水，睢水爲之不流。鯁，通梗，阻塞。

〔一三三〕秦人二句：係指白起事。戰國策秦策三：「白起率數萬之師以與楚戰，一戰舉鄢郢，再戰燒夷陵，南并蜀漢，又越韓魏攻强趙，北阬馬服，誅屠四十餘萬之衆，流血成川，沸聲若雷。」論衡命義篇：「言有命者曰：『夫天下之大，人民之衆，一歷陽之都，一長平之坑，同命俱死，未可怪也。命當溺死，故相聚於歷陽，命當壓死，故相積於長平。』」若，六臣本注云：「五臣作『如』。」

〔一三四〕火炎二句：崑嶽，崑崙山。古代傳説乃産玉之地。礫石，小石。琬琰，玉之美者。尚書胤征：「火炎崑岡，玉石俱焚。」

〔一三五〕嚴霜二句：零，落。蕭艾，臭草。李善注引傅玄鷹兔賦曰：「秋霜一下，蘭艾俱落。」

〔一三六〕游，子游。夏，子夏。皆孔子弟子，見史記仲尼弟子列傳。

〔一三七〕伊，伊尹。顔，顔回，仲尼弟子。殆庶，本意爲近似。易繫辭下：「顔氏之子，其殆庶幾乎！」後用以指近似聖人之稱。

或曰：明月之珠，不能無纇；夏后之璜，不能無考〔一三八〕。故亭伯死於縣長〔一三九〕，相如卒於園令〔一四〇〕。才非不傑也，主非不明也，而碎結緑之鴻輝，殘懸黎之夜色〔一四一〕，抑尺之量有短哉〔一四二〕？若然者，主父偃、公孫弘對策不升第〔一四三〕，歷説而不入，牧豕淄原，見棄州部。設令忽如過隙，溘死霜露〔一四四〕，其爲詬恥，豈崔馬之流乎〔一四五〕！及至開東閤，列五鼎，電照風行，聲馳海外〔一四六〕，寧前愚而後智，先非而終是？將榮悴有定數〔一四七〕，天命有至極〔一四八〕，而謬生妍蚩〔一四九〕，其蔽四也。

〔一三八〕明月四句：纇、考，皆瑕疵意。璜，美玉。文子上義：「夫夏后氏之璜，不能無瑕；明月之珠，不能無穢。」淮南子氾論篇：「夏后氏之璜，不能無考；明月之珠，不能無纇。」

〔一三九〕亭伯，崔駰字。李善注引後漢書（崔駰傳）云：「竇憲爲車騎將軍，辟駰爲掾，察駰高第，出爲長岑長。駰自以遠出，不得意，遂不之官而歸，卒於家。」亭伯，六臣本注云：「五臣作『崔駰』。」

〔一四〇〕相如，司馬相如。李善注引漢書（司馬相如傳）：「相如拜爲孝文園令，既病免，家居茂陵而死。」相如，梁書作「長卿」。

〔一四一〕而碎二句：結綠、懸黎，皆美玉名。戰國策秦策三：「臣聞周有砥厄，宋有結綠，梁有懸黎，楚有和璞。此四寶者，工之所失也，而爲天下名器。」文選張衡西京賦：「流懸黎之夜光。」

〔一四二〕抑尺句：尺雖比寸長，但在特定情況下，反不如寸之發揮作用，比喻事物各有長處和短處。楚辭卜居：「夫尺有所短，寸有所長。」

〔一四三〕主父偃，漢代人。李善注引漢書（主父偃傳）：「主父偃，齊國臨淄人，學長短縱横術。家貧，假貸無所得，北遊燕趙中山，皆莫能厚，客甚困（即下文所謂「見棄州部」），乃上書闕下，拜爲郎，至中大夫。偃曰：『大丈夫生不五鼎食，死則五鼎烹耳！』」公孫弘，亦漢代人。李注引漢書（公孫弘傳）：「公孫弘，淄川人，家貧，牧豕海上（即下文所謂「牧豕淄原」）。」後弘至太常，上策詔諸儒，「太常奏弘第居下。策奏，天子擢弘對爲第一。後至丞相，於是起客館，開東閣，以延賢士。」對策，古代考試取士的一種方式。以政事、經義等設題於簡策，令應考者答之。史記平津侯列傳：「太常令所徵儒士各對策，百餘人，（公孫）弘第居下。」

〔一四四〕設令二句：過隙，見重答劉秣陵沼書注〔八一〕。溘死，忽然而死。離騷：「寧溘死以流亡兮。」霜露，喻短促。二句謂：若生命短促，死於不遇之時。

〔一四五〕其爲二句：謂其所受之耻辱，豈崔駰、相如之流所能比乎！詬，耻辱。

〔一四六〕電照二句：謂其威名若電照若風行，達之於海外。後漢書臧宮傳：「震揚威靈，風行電照。」又皇甫嵩傳：「威德振本朝，風聲馳海外。」

〔一四七〕將，且。榮，繁榮。悴，零落，憔悴。

〔一四八〕至極，終極。

〔一四九〕妍，美。蚩，醜。謬生妍蚩，荒謬地揚此抑彼。

夫虎嘯風馳，龍興雲屬〔一五〇〕。故重華立而元凱升〔一五一〕，辛受生而飛廉進〔一五二〕。然則天下善人少，惡人多〔一五三〕，闇主衆，明君寡〔一五四〕。而薰蕕不同器〔一五五〕，梟鸞不接翼〔一五六〕。是使渾敦檮杌〔一五七〕，踵武雲臺之上〔一五八〕，仲容庭堅，耕耘巖石之下〔一五九〕。横謂廢興在我，無繫於天〔一六〇〕，其蔽五也。

〔一五〇〕虎嘯二句：謂雲從龍，風從虎，相感應也。淮南子天文篇：「虎嘯而谷風至，龍舉而景雲屬。」

〔一五一〕重華，舜。元，指「八元」，高辛氏之才子。凱，同愷，指「八愷」，高陽氏之才子。左傳文公十八年：「昔高陽氏有才子八人：蒼舒、隤敳、檮戭、大臨、尨降、庭堅、仲容、叔達，齊聖廣淵，明允篤誠，天下之民，謂之八愷。高辛氏有才子八人：伯奮、仲堪、叔獻、季仲、伯虎、仲熊、叔豹、季貍，忠肅共懿，宣慈惠和，天下之民，謂之八元。……舜臣堯，舉八愷，使主后土；……舉八元，使布五教於四方。」

〔一五二〕辛受，紂。史記殷本紀：「帝乙崩，子辛立，是爲帝辛，天下謂之紂。」飛廉，紂之奸臣。史記秦本紀：「蜚廉生惡來，父子俱以材力事殷紂。」蜚通飛。

〔一五三〕然則二句：李善引莊子（胠篋）曰：「天下之善人少而不善人多。」

〔一五四〕闇主二句：闇主，昏君。揚子法言先知：「聖君少而庸君多。」

〔一五五〕薰，香，蕕，臭。孔子家語致思：「對曰：（顔）回聞薰蕕不同器而藏，堯桀不共國而治，以其類異也。」

〔一五六〕梟，猛禽。接翼，比翼共飛。李善注引孫盛晉陽秋曰：「王夷甫論曰：夫芝蘭之不與茨棘俱植，鸞鳳之不與梟鴞同棲，天理固然，易在曉晤。」

〔一五七〕渾敦，帝鴻氏之不才子。檮杌，顓頊氏之不才子。左傳文公十八年：「昔帝鴻氏有不才子，掩義隱賊，好行凶德，醜類惡物，頑嚚不友，是與比周。天下之民，謂之渾敦。……顓頊氏有不才子，不可教訓，不知話言，告之則頑，舍之則嚚，傲很明德，以亂天常。天下之民，謂之檮杌。」敦，梁書作「沌」。

〔一五八〕踵，脚後跟。武，足迹。踵武，喻繼承前人的事業。離騷：「忽奔走以先後兮，及前王之踵武。」雲臺，高臺，此指宮殿。言不才之子，繼跡於宮殿之上。「武」下原有「於」。此乃六字駢句，「於」不當有，據梁書刪。

〔一五九〕仲容二句：仲容、庭堅，見注〔五二〕。「耘」下原有「於」，據梁書刪。

〔一六〇〕橫謂二句：橫謂，硬説。無繫，無關。漢書董仲舒傳：「故治亂廢興在於己，非天降命，不可得反。」

彼戎狄者，人面獸心〔一六一〕，宴安鴆毒〔一六二〕，以誅殺爲道德〔一六三〕，以蒸報爲仁義〔一六四〕。雖大風立於青丘，鑿齒奮於華野〔一六五〕，比於狼戾，曾何足喻〔一六六〕。自金行不競〔一六七〕，天地板蕩〔一六八〕。左帶沸脣〔一六九〕，乘間電發〔一七〇〕，遂覆瀍洛〔一七一〕，傾五都〔一七二〕，居先王之桑梓〔一七三〕，竊名號於中縣〔一七四〕。與三皇競其萌黎〔一七五〕，五帝角其區宇〔一七六〕。種落繁熾〔一七七〕，充仞神州〔一七八〕。嗚呼！福善禍淫〔一七九〕，徒虛言耳！豈非否泰相傾〔一八〇〕，盈縮遞運〔一八一〕，而汨之以人〔一八二〕，其蔽六也。

〔一六一〕彼戎二句：戎狄，由下文所述，似專指匈奴。漢書匈奴傳贊：「夷狄之人，貪而好利，被髮左衽，人面獸心。」

〔一六二〕宴安，安逸。鴆，鴆鳥，羽有毒。以之浸酒，便成鴆酒，鴆酒又作「酖」。左傳閔公元年：「戎狄豺狼，不可厭也。……宴安酖毒，不可懷也。」杜預注：「以宴安比之酖毒。」

〔一六三〕誅殺，這裏是指侵略戰争。漢書匈奴傳：「其俗，寬則隨畜田獵禽獸爲生業，急則人習戰攻以侵伐，其天性也。」

〔一六四〕蒸，以下淫上，指與母輩通姦。報，以上淫下，指與媳輩通姦。漢書匈奴傳：「父死，妻其後母。兄弟死，皆取其妻妻之。」

〔一六五〕雖大二句：大風，神話中的鷙鳥名，因甲骨卜辭中「風」字皆借「鳳」字爲之，有人以爲即「大鳳」。淮南子高誘注則認爲指風伯。青丘，地名。鑿齒，古注誤以爲獸名，實際上是古越人，古越人有拔牙習俗。華野，疇華之野。淮南子本經篇云：堯之時，「猰貐、鑿齒、九嬰、大風、封豨、脩蛇皆爲民害，堯乃使羿誅鑿齒於疇華之野，殺九嬰於凶水之上，繳大風於青丘之澤，上射十日，而下殺猰貐，斷脩蛇於洞庭，禽封豨於桑林。」

〔一六六〕比於二句：謂大風、鑿齒不足以喻戎狄之狠戾。狼戾，狂暴。戰國策燕策一：張儀言趙王「狼戾無親」。於，梁書作「其」。喻，梁書作「踰」。

〔一六七〕金行，喻晉。李善注引干寶搜神記曰：「程猗説石圖曰：『金者，晉之行也。』」楊升菴文集卷八碑生金云：「考水經注，魏受禪碑六字生金，論者以爲司馬金行，故曹氏六世而晉代之也。」不競，衰微。

〔一六八〕板蕩，法度廢壞之貌。詩大雅有板、蕩兩篇，都是諷刺周王荒淫昏憒、無道敗國的。後因以指變亂、動蕩。板，六臣本作「版」。

〔一六九〕左帶，即左衽，夷狄之服。沸脣，形容異族的發音，南朝齊梁間用以泛指「夷狄」。南齊書王融傳：「息沸脣於桑墟，别醍乳於冀俗。」

〔一七〇〕電發，以電光在黑暗中忽然一閃，迅即消失，喻夷狄乘晉微弱相繼擾亂中原。

〔一七一〕瀍，瀍河；洛，洛水。瀍洛二水在今河南境。覆瀍洛，謂戎狄攻陷中原。

〔一七二〕五都，歷來所指不一：一説爲洛陽、邯鄲、臨淄、宛、成都，一説爲長安、譙、許昌、鄴、洛陽。此處理解爲泛指都城即可。李善引干寶晉紀曰：「愍帝詔曰：『羣邪作逆，傾盪五都。』」

〔一七三〕桑梓，喻故鄉。古人桑梓之説，並無鄉里之意，不過敬老而已，後人文字，乃作鄉里事用（説詳顧炎武日知録卷三二桑梓條）。詩小雅小弁：「維桑與梓，必恭敬止。」先王桑梓，謂夏殷周之所居。

〔一七四〕竊名號，謂擅自稱帝。中縣，中國。

〔一七五〕萌黎，民衆。萌通氓。後漢書宦者傳序：「皆剥割萌黎，競恣奢欲。」萌，梁書、五臣本作「氓」。

〔一七六〕區宇，疆土境域。文選張衡東京賦：「區宇乂寧。」

〔一七七〕種落，種類，部落。繁熾，謂其衆多。後漢書匈奴傳載梁商上表曰：「匈奴寇畔，自知罪極，……況種類繁熾，不可單盡。」

〔一七八〕充仞，充滿。仞，梁書、六臣本作「牣」。

〔一七九〕福善禍淫，政善則天福之，淫過則天禍之。尚書湯誥：「天道福善禍淫，降災于夏，以彰厥罪。」

〔一八〇〕否、泰，易兩卦名，天地相交，通則爲泰，不通爲否。此指人之運命，好爲泰，壞爲否。易序卦：「泰者，通也，物不可以終通，故受之以否。」

〔一八一〕盈縮，有餘與不足，引申爲進退、壽夭、伸屈等意。戰國策秦策三：「進退盈縮變化，聖人之常道也。」遞運，交替。

〔一八二〕汩，亂。書洪範：「鯀陻洪水，汩陳其五行。」僞孔傳：「汩，亂也。」

然所謂命者，死生焉，貴賤焉，貧富焉，治亂焉，禍福焉〔一八三〕，此十者，天之所賦也〔一八四〕。愚智善惡，此四者，人之所行也〔一八五〕。夫神非舜禹，心異朱均〔一八六〕，才絓中庸，在於所習〔一八七〕。是以素絲無恒，玄黄代起〔一八八〕。鮑魚芳蘭，入而自變〔一八九〕。故季路學於仲尼〔一九〇〕，厲風霜之節；楚穆謀於潘崇，成殺逆之禍〔一九一〕。而商臣之惡，盛業光於後嗣〔一九二〕；仲由之善，不能息其結纓〔一九三〕。斯則邪正由於人，吉凶在乎命〔一九四〕。

〔一八三〕然所六句：論衡命禄：「（凡人）有死生夭壽之命，亦有貴賤貧富之命。」墨子非儒：「壽夭貧富，安危治亂，固有天命。」吕氏春秋召類：「禍福之所自來，衆人以爲命，焉不知其所由。」治，梁書作「理」，乃避唐諱。

〔一八四〕賦，給與也。見漢書哀帝紀「比以賦貧民」顔師古注。

〔一八五〕愚智三句：李善注引桓範世要論曰：「遇不遇，命也；善不善，人也。」六臣本注云：「五臣『行』下無『也』。」

〔一八六〕朱，丹朱，堯之子。均，商均，舜之子。相傳二人都不肖。淮南子脩務篇：「沈湎耽荒，不可教以道，不可喻以德，嚴父弗能正，賢師不能化者，丹朱商均也。」

〔一八七〕才絓二句：李善注引廣雅：「絓，止也。」（案此爲廣雅佚文）中庸，中等之才。文選賈誼過秦論：「材能不及中庸。」論衡本性：「夫中人之性，在所習焉，習善而爲善，習惡而爲惡也。」

〔一八八〕是以二句：素絲，未染色的絲。玄黄，黑或黄。淮南子説林篇：「墨子見練絲而泣之，爲其可以黄可以黑。」

〔一八九〕鮑魚二句：鮑魚，鹹魚，其味臭。芳蘭，香草。大戴禮記曾子問疾：「與君子遊，苾乎如入蘭芷之室，久而不聞，則與之化矣。與小人遊，臭乎如入鮑魚之肆，久而不聞，則與之化矣。是故君子慎其所去就。」

〔一九〇〕季路，孔子弟子仲由，字子路，一名季路（見家語）。李善注引尸子曰：「子路，東鄙之野人，孔子教之爲賢士。」

〔一九一〕楚穆二句：楚穆，楚穆王，名商臣，楚成王太子。潘崇，太子師。左傳文公元年曰：楚子欲立王子職而黜太子商臣，商臣聞之，而未察，告其師潘崇，崇曰：「能事諸乎？」曰：「不能。」「能行乎？」曰：「不能。」「能行大事乎？」曰：「能。」乃以宮甲圍成王，王縊，穆王立。殺，梁書作「悖」，五臣作「弑」。

〔一九二〕盛業，盛德大業。易繫辭上：「盛德大業，至矣哉！」後嗣，後代。李善注：「楚之後業，皆商臣之子孫。」春秋五霸之一楚莊王，即穆王之子。

〔一九三〕結纓，指子路結纓而死。左傳哀公十五年：「石乞盂黶敵子路，以戈擊之，斷纓。子路曰：『君子死，冠不免。』結纓而死。」

〔一九四〕在，梁書作「存」。六臣本注云：「五臣『命』下有『也』。」

或以鬼神害盈〔一九五〕，皇天輔德〔一九六〕。故宋公一言，法星三徙〔一九七〕；殷帝自翦，千里來雲〔一九八〕。若使善惡無徵，未洽斯義〔一九九〕。且于公高門以待封〔二〇〇〕，嚴母掃墓以望喪〔二〇一〕，此君子所以自彊不息也〔二〇二〕。如使仁而無報，奚爲修善立名乎！斯徑廷之辭也〔二〇三〕。夫聖人之言，顯而晦〔二〇四〕，微而婉〔二〇五〕，幽遠而難聞，河漢而不測〔二〇六〕。或立教以進庸怠〔二〇七〕，或言命以窮性靈〔二〇八〕。積善餘慶，立教也〔二〇九〕。鳳鳥不至，言命也〔二一〇〕。今以其片言辯其要趣，何異乎夕死之類，而論春秋之變哉〔二一一〕。且荆昭德音，丹雲不卷〔二一二〕；周宣祈雨，珪璧斯罄〔二一三〕。于叟種德，不逮勛華之高〔二一四〕；延年殘獷，未甚東陵之酷〔二一五〕。爲善一，爲惡均。而禍福異其流，廢興殊其迹。蕩蕩上帝〔二一六〕，豈如是乎！詩云：「風雨如晦，雞鳴不已。」〔二一七〕故善人爲善，焉有息哉〔二一八〕。

〔一九五〕盈，滿。害盈，不利於驕横自滿的。易謙：「鬼神害盈而福謙。」

〔一九六〕輔德，幫助有德的。尚書蔡仲之命：「皇天無親，惟德是輔。」

〔一九七〕宋公二句：宋公，宋景公。法星，指熒惑（今名火星），古以爲熒惑乃執法之星。吕氏春秋制樂：「宋景公之時，熒惑在心，公懼，召子韋而問焉，曰：『熒惑在心，何也？』子韋曰：『熒惑者天罰也，心者宋之分野也，禍當於君。雖然，可移於宰相。』公曰：『宰相所與治國家也，而移死焉，不祥。』子韋曰：『可移於民。』公曰：『民死，寡人將誰爲君乎！寧獨死。』子韋曰：『可移於歲。』公曰：『歲害則民饑，民饑必死，爲人君而殺其民以自活也，其誰以我爲君乎！』子韋曰：『君善言三，今夕熒惑其徙三舍，君延年二十一歲。』」

〔一九八〕殷帝，湯。吕氏春秋順民：「昔者湯克夏而正天下，天大旱，五年不收，湯乃以身禱於桑林，曰：『余一人有罪，無及萬夫；萬夫有罪，在余一人。無以一人之不敏，使上帝鬼神傷民之命。』於是翦其髮，鄜其手，以身爲犧牲，用祈福於上帝，民乃甚説，雨乃大至。」

〔一九九〕洽，合。斯義，指星退、雨至。

〔二〇〇〕于公，指于定國之父。漢書于定國傳言于公治獄多陰德，未嘗有所冤，乃高大閭門，自謂子孫必有興者。至定國而爲丞相。

〔二〇一〕嚴母，指嚴延年之母。漢書酷吏傳言嚴延年遷河南太守，其母從東海來，欲從延年臘。到洛陽，適見報囚，母大驚，畢正臘，謂延年曰：「天道神明，人不可獨殺，我不自意當老見壯子被刑戮也，行矣，去女東歸，掃除墓地耳。」後歲餘果敗。荀悦漢紀：「于公高門以待封，嚴母除地以望喪。」孝標此語乃東海人風謡，漢書不載。説詳孫志祖文選李注補正卷三。

〔二〇二〕自彊不息，易乾：「象曰：天行健，君子以自彊不息。」

〔二〇三〕徑廷，徑路之與中廷，比喻相差很遠。亦作「逕庭」。莊子逍遥遊：「大有逕庭，不近人情焉。」

〔二〇四〕顯，明白。晦，隱晦。左傳成公十四年：「春秋之稱，微而顯，志而晦，婉而成章。」

〔二〇五〕微，精妙。婉，簡約。左傳襄公二十九年：「大而婉，險而易行。」

〔二〇六〕河漢，喻其廣而無涯。莊子逍遥遊：「吾驚怖其言，猶河漢而無極也。」測，梁書作「極」。

〔二〇七〕立教，指儒家以詩書禮樂春秋爲教。怠，梁書作「惰」。

〔二〇八〕言命，指儒家亦以易道言性命。易乾：「乾道變化，各正性命。」

〔二〇九〕積善二句：易坤文言：「積善之家，必有餘慶。」徐幹中論夭壽：「北海孫翺以爲死生有命，非他人之所致也。若積善有慶，行仁得壽，乃教化之義，誘人而納於善之理也。」

〔二一〇〕鳳鳥二句：論語子罕：「子曰：鳳鳥不至，河不出圖，吾已矣夫！」謂孔子聖人而不遇聖君，亦天命也。

〔三一〕何異二句：夕死之類，謂朝生夕死之蟲。六臣本注云：「向曰：理之冥昧，其或難知，是非反覆，紛綸莫定。今若以片言辯之，亦如朝生夕死之蟲，而論春秋寒暑之變，其可及乎！」莊子逍遥遊：「朝菌不知晦朔，蟪蛄不知春秋。」

〔三二〕且荆二句：荆昭，楚昭王。左傳哀公六年：「是歲也，有雲如衆赤鳥，夾日以飛三日，楚子使問諸周太史，周太史曰：『其當王身乎！若禜（禳祭曰禜）之，可移於令尹司馬。』王曰：『除腹心之疾，而寘諸股肱，何益！不穀不有大過，天其夭諸？有罪受罰，又焉移之？』遂弗禜。」五臣注云：「濟曰：夫景公熒惑之災則退三舍，此則莫應，何事同而福異也？」

〔三三〕周宣二句：周宣，周宣王。宣王時大旱，祈雨，罄盡珪璧於神明，而雨不至。事見詩大雅雲漢。五臣注云：「良曰：湯則有千里之雲雨，同爲明君，事則有異。」

〔三四〕于叟，即于公。見注〔二〇〕。種德，立德。勛，放勛，堯。華，重華，舜。言于公德不及堯舜，而後嗣定國賢而爲相，堯則有愚子丹朱，舜則有不肖子商均。

〔三五〕延年二句：延年，嚴延年。漢代有名酷吏，號曰「屠伯」。後以坐怨望誹謗被殺。殘獷，殘忍凶惡。東陵，指泰山，盗跖所居。莊子駢拇：「伯夷叔齊死名於首陽之下，盗跖死利於東陵之上。」此以借代盗跖。言嚴延年惡未甚於盗跖而速先敗，盗跖則壽終東陵。六臣本「酷」下有「暴」。

〔二六〕蕩蕩，寬廣貌。

〔二七〕詩云三句：見鄭風風雨。毛傳：「風且雨凄凄然，雞猶守時而鳴喈喈然。」鄭箋：「喻君子雖居亂世，不變改其節度。」

〔二八〕息，止。

夫食稻粱〔二九〕，進芻豢〔三〇〕，衣狐貉〔三一〕，襲冰紈〔三二〕，觀窈眇之奇舞〔三三〕，聽雲和之琴瑟〔三四〕：此生人之所急〔三五〕，非有求而爲也〔三六〕。修道德，習仁義，敦孝悌〔三七〕，立忠貞，漸禮樂之腴潤〔三八〕，蹈先王之盛則：此君子之所急，非有求而爲也。然則君子居正體道〔三九〕，樂天知命〔四〇〕。明其無可奈何〔四一〕，識其不由智力〔四二〕。逝而不召，來而不距〔四三〕，生而不喜，死而不慼。瑶臺夏屋〔四四〕，不能悦其神；土室編蓬〔四五〕，未足憂其慮。不充詘於富貴〔四六〕，不遑遑於所欲〔四七〕。豈有史公、董相不遇之文乎〔四八〕！

〔二九〕稻粱，食之精美者，論語陽貨：「子曰：食夫稻，衣夫錦，於女安乎？」

〔三〇〕進，用，食。芻豢，指禽畜。草食曰芻，穀食曰豢。

〔三一〕狐貉，狐貉之裘。

〔三二〕襲，穿。司馬相如上林賦：「襲朝服。」冰紈，雪白細潔的絲織品。

〔二三〕窈眇，美妙。文選揚雄長楊賦：「憎聞鄭衛窈眇之聲。」奇，美妙。奇舞，言舞之美妙者。文選阮籍詠懷詩：「北里多奇舞。」

〔二四〕雲和，山名，以産琴瑟著名。周禮春官大司樂：「孤竹之管，雲和之琴瑟。」

〔二五〕生人，指普通人。文選孫楚爲石仲容與孫皓書：「豺狼抗爪牙之毒，生人陷荼炭之艱。」急，迫切的要求。韓非子和氏：「夫珠玉，人主之所急也。」生人，六臣本注云：「五臣作『小人』。」

〔二六〕有求，指别有所求，另有目的。

〔二七〕敦，厚。謂重孝悌。

〔二八〕漸，浸潤。漢書董仲舒傳：「漸民以仁。」注：「漸謂浸潤之。」

〔二九〕居正，守正。公羊傳隱公三年：「故君子大居正。」體道，明夫至道。莊子知北遊：「夫體道者，天下之君子所繫焉。」

〔三〇〕樂天知命，安於天命而自樂。易繫辭上：「樂天知命，故不憂。」

〔三一〕無可奈何，指人力對天命無可奈何。莊子人間世：「知其不可奈何而安之若命，德之至也。」

〔三二〕不由智力，文選班彪王命論：「不知神器有命，不可以智力求。」類聚奪「明」。

〔三三〕距，通拒。類聚作「拒」。

〔三四〕瑶臺，美玉砌的臺，喻居室之華麗。淮南子本經篇：「桀紂爲琁室瑶臺，象廊玉牀。」夏屋，大屋。詩秦風權輿：「夏屋渠渠。」

〔二三五〕編蓬，謂編蓬草爲門户。尚書大傳卷三：「雖退而巖居河濟之間，深山之中，作壤室，編蓬户，尚彈琴其中。」

〔二三六〕充詘，喜而失節之貌。禮記儒行：「儒有不隕穫於貧賤，不充詘於富貴。」

〔二三七〕遑遑，心神不安。李善注引皇甫謐高士傳：「黔婁先生妻謂曾子曰：『先生不慼慼於貧賤，不遑遑於富貴。』」

〔二三八〕史公，太史公。董相，董仲舒。不遇之文，指司馬遷悲士不遇賦（見藝文類聚卷三〇）、董仲舒士不遇賦（見章樵注本古文苑卷三）。

廣絶交論〔一〕

客問主人曰：「朱公叔絶交論〔二〕，爲是乎？爲非乎？」主人曰：「客奚此之問〔三〕？」

客曰：「夫草蟲鳴則阜螽躍〔四〕，雕虎嘯而清風起〔五〕。故絪緼相感〔六〕，霧涌雲蒸〔七〕；嚶鳴相召〔八〕，星流電激〔九〕。是以王陽登則貢公喜〔一〇〕，罕生逝而國子悲〔一一〕。且心同琴瑟，言鬱郁於蘭茝〔一二〕，道叶膠漆，志婉孌於塤篪〔一三〕。聖賢以此鏤金版而鐫盤盂〔一四〕，書玉牒而刻鍾鼎〔一五〕。若乃匠人輟成風之妙巧〔一六〕，伯子息流波之雅引〔一七〕。范張款款於下泉〔一八〕，尹班陶陶於永夕〔一九〕。駱驛縱横，煙霏雨散〔二〇〕。巧曆所不知〔二一〕，心計莫能測〔二二〕。而朱益州汩彝敍〔二三〕，粵謨訓〔二四〕，捶直切〔二五〕，絶交遊〔二六〕，比黔首以鷹鸇〔二七〕，媲人靈於豺虎〔二八〕，蒙有猜焉，請辨其惑〔二九〕。」

【校注】

〔一〕本文録自尤刻文選卷五五，以影宋本藝文類聚（簡稱類聚）、四部叢刊影宋本六臣注文選（簡稱六臣本）及排印本梁書、南史比勘。李善及五臣舊注，酌情采入。梁書任昉傳云：「初，昉立於士大夫間，多所汲引，有善己者則厚其聲名。及卒，諸子皆幼，人罕贍卹之。平原劉孝標爲著論。」又南史任昉傳載此事較梁書爲詳。昉卒，「有子東里、西華、南容、北叟，並無術業，墜其家聲。兄弟流離不能自振，生平舊交莫有收卹。西華冬月著葛帔練裙，道逢平原劉孝標，泫然矜之，謂曰：『我當爲卿作計。』乃著廣絶交論，以譏其舊交」。

〔二〕朱穆，字公叔。李善注引後漢書朱暉傳載朱穆事，略云：「爲侍御史，感俗澆薄，慕尚敦篤，著絶交論以矯之，稍遷至尚書，卒，贈益州刺史。」李賢注後漢書引穆集載絶交論之大略，文繁不録。

〔三〕奚，何。見詩小雅四月「奚其適歸」朱熹集傳。

〔四〕李善云：「欲明交道不可絶，故陳四事以喻之。」阜螽，蚱蜢。詩召南草蟲：「喓喓草蟲，趯趯阜螽。」鄭箋曰：「草蟲鳴，則阜螽跳躍而從之，異類相應也。」

〔五〕雕，文飾。虎有文，故曰雕虎。文選思玄賦李善注引尸子曰：「中黃伯曰：『余左執太行之獶而右搏雕虎。』」淮南子天文篇：「虎嘯而谷風至，龍舉而景雲屬。」

〔六〕絪緼，天地間陰陽二氣交感貌。易繫辭下「天地絪緼，萬物化醇。」南史作「氛氳」。蓋絪緼又寫作氤氳，氤遂譌作氛。

〔七〕蒸，氣升騰。雲蒸，謂水汽上升成雲。淮南子說林篇：「山雲蒸而柱礎潤。」

〔八〕嚶鳴，謂鳥鳴相召。詩小雅伐木：「伐木丁丁，鳥鳴嚶嚶。」鄭箋：「其鳴之志，似於有友道然。」

〔九〕激，梁書作「擊」。

〔一〇〕王陽，王吉，吉字子陽。貢公，貢禹。漢書王貢兩龔鮑傳：「王吉與貢禹爲友，世稱『王陽在位，貢公彈冠』，言其取舍同也。」

〔一一〕罕生，罕虎，字子皮。國子，子產。左傳昭公三十年：「（子產）聞子皮卒，哭且曰：『吾已無爲爲善矣，唯夫子知我。』」李善注：「此明良朋也，良朋之道，情同休戚，故貢禹喜王陽之登朝，子產悲子皮之永逝也。」

〔一二〕且心二句：琴瑟，喻友情融洽。曹植王仲宣誄：「吾與夫子，義貫丹青，好和琴瑟，分過友生。」鬱郁，香。蘭、茝，香草。易繫辭上：「同心之言，其臭如蘭。」

〔一三〕道叶二句：叶，協調和合。膠漆，喻友誼結合牢固。李善注引後漢書（獨行傳）：「陳重，字景公。雷義，字仲預。重少與義友，鄉里爲之語曰：『膠漆自謂堅，不如雷與陳。』」婉孌，纏綿，深摯。後漢書朱祐傳贊：「婉孌龍姿。」注：「婉孌，猶親愛也。」塤（xūn，音熏），陶製吹奏樂器。篪（chí，音持），竹製吹奏樂器。塤篪，喻兄弟親密。詩小雅何人斯：「伯氏吹壎，仲氏吹篪。」壎即塤字。

〔一四〕金版，古代鑄金屬爲版，國有大事則鏤之。周禮秋官職金：「旅于上帝，則共其金版。」盤盂，與下句的鍾鼎，皆指青銅禮器，上面的銘文，往往記載了有關的史實。李善注引墨子曰：「琢之盤盂，銘於鍾鼎，傳於後世。」案：此並用兼愛下、天志中、魯問三篇文。版，南史作「板」。

〔一五〕玉牒，玉製的簡册。東觀漢記郊祀志：「封禪其玉牒文秘。」李善注：「聖賢以良朋之道，故著簡策而傳之。」鍾，南史作「鐘」。

〔一六〕匠人，指莊子寓言中的匠石。莊子徐无鬼：「莊子送葬，過惠子之墓，顧謂從者曰：『郢人堊墁其鼻端若蠅翼，使匠石斲之。匠石運斤成風，聽而斲之，盡堊而鼻不傷，郢人立不失容。宋元君聞之，召匠石曰：「嘗試爲寡人爲之。」匠石曰：「臣則嘗能斲之。雖然，臣之質死久矣。」自夫子之死也，吾無以爲質矣，吾無與言之矣。』」梁書無「乃」字。人，南史作「石」。

〔一七〕伯子，伯牙。雅引，樂曲。吕氏春秋本味篇：伯牙鼓琴，意在太山，鍾子期曰：「善哉，巍巍乎若太山。」俄而志在流水，子期曰：「善哉，湯湯乎若流水。」子期死，伯牙破琴絶絃，終身不復鼓琴，以爲世無賞音者。李善注：「此言良朋之難遇也。」子，梁書、南史作「牙」。

〔一八〕范張，范式、張劭。款款，忠誠。下泉，黄泉之下。李善注引後漢書（獨行傳）：「范式，字巨卿，少與張劭爲友。劭字元伯。元伯卒，式忽夢見元伯呼，曰：『巨卿，吾以某日死，當以某時葬。永歸黄泉，子未我忘，豈能相及！』式怳然覺悟，便服朋友之服，數其葬日，馳往赴之。既至壙，將窆，而柩不進。其母撫之曰：『元伯豈有望邪？』遂停柩。移時，乃見素車白馬號哭而來，其母望之，必范巨卿。既至，叩喪言曰：『行矣元伯，死生各異，永從此辭！』式執引，柩乃前。式遂留冢次，修墳種樹，然後乃去。」

〔一九〕尹班，尹敏、班彪。陶陶，和樂貌。永夕，長夜。李善注引東觀漢記（尹敏傳）曰：「尹敏與班彪相厚，每相與談，常晏暮不食，晝即至冥，夜徹旦。彪曰：『相與久語，爲俗人所怪。然鍾子期死，伯牙破琴，曷爲陶陶哉！』」

〔二〇〕駱驛二句：李善注：「駱驛縱横，不絶也；煙霏雨散，衆多也。」文選王延壽魯靈光殿賦：「縱横駱驛，各有所趣。」

〔二一〕巧曆，治曆法的專家。莊子齊物論：「巧曆不能得，而况其凡乎？」梁書「巧」上有「皆」。

〔二二〕心計，心算。史記平準書：「桑弘羊……以心計，年十三侍中。」

〔二三〕朱益州，朱穆，穆卒，贈益州刺史。汩，亂。彝敍，常道次序。尚書洪範：「彝倫攸敍。」

〔二四〕粤，通「越」，踰越。謨訓，聖人所謀之教訓。尚書胤征：「聖有謨訓。」粤，梁書作「越」。

〔二五〕捶，棍打，此指攻擊。直切，即切直，謂朋友切磋相正。

〔二六〕絶，斷絶。列子楊朱：「（公孫穆）屏親昵，絶交遊。」

〔二七〕黔首，百姓。史記秦始皇本紀：「秦更名民曰黔首。」鶤，即晨風，一種猛禽。陸璣毛詩草木鳥獸蟲魚疏卷下云：「擊鳩鴿燕雀食之。」左傳文公十八年：「如鷹鸇之逐鳥雀。」比，梁書、南史作「視」。

〔二八〕媲（pì，音譬），配。人靈，人爲萬物之靈。尚書泰誓上：「惟人萬物之靈。」豺虎，喻殘忍無情義。李善注引杜夷幽求子曰：「不仁之人，心懷豺虎。」靈，梁書作「倫」。

〔二九〕蒙有二句：蒙，本義爲蒙蔽，愚昧，用爲謙詞作第一人稱。文選揚雄長楊賦：「蒙竊惑焉。」惑，疑惑。論語顔淵：「子張問崇德辨惑。」李善注：「言朋友之義，備在典謨，公叔亂常道而絶之，故以爲疑也。」辨，南史作「辯」。

主人听然而笑曰〔三〇〕：「客所謂撫絃徽音，未達燥濕變響〔三一〕，張羅沮澤，不覩鴻雁雲飛〔三二〕。蓋聖人握金鏡〔三三〕，闡風烈〔三四〕，龍驤蠖屈〔三五〕，從道汙隆〔三六〕。日月聯璧〔三七〕，贊亹亹之弘致〔三八〕；雲飛電薄〔三九〕，顯棣華之微旨〔四〇〕。若五音之變化，濟九成之妙曲〔四一〕。此朱生得玄珠於赤水〔四二〕，謨神睿而爲言〔四三〕。至夫組織仁義，琢磨道德〔四四〕，驩其愉樂，恤其陵夷〔四五〕，寄通靈臺之下〔四六〕，遺迹江湖之上〔四七〕，風雨急而不輟其音〔四八〕，霜雪零而不渝其色〔四九〕，斯賢達之素交〔五〇〕，歷萬古而一遇。逮叔世民訛〔五一〕，狙詐飈起〔五二〕，谿谷不能踰其險〔五三〕，鬼神無以究其變〔五四〕。競毛羽之輕，趨錐刀之末〔五五〕。於是素交盡，利交興，天下蚩蚩〔五六〕，鳥驚雷駭。

然則利交同源〔五七〕，派流則異。較言其略〔五八〕，有五術焉：

〔三〇〕听（yǐn，音引），笑貌。司馬相如上林賦：「亡是公听然而笑。」听，梁書作「忻」。梁書、南史無「而笑」二字。

〔三一〕客所二句：徽音，美好的樂聲。文選王粲公讌詩：「管絃發徽音，曲度清且悲。」燥濕變響，謂琴絃乾燥與濕潤時彈出之音不同。李善注引韓詩外傳（卷七）云：「趙遣使於楚，臨去，趙王謂之曰：『必如吾言辭。』時趙王方鼓琴，使者因跪曰：『大王鼓琴，未有如今日之悲也，請記其處，後將法焉。』王曰：『不可，夫時有燥濕，絃有緩急，徽柱推移，不可記也。』使者曰：『臣愚，請借此以譬之，何者？楚之去趙二千餘里，變改萬端亦猶絃，不可記也。』」

〔三二〕張羅二句：羅，網羅。沮，低濕處。文選司馬相如難蜀父老文曰：「鷦鵬已翔乎寥廓之宇，而羅者猶視乎藪澤，悲夫！」李善注：「言朋友之道，隨時盛衰。醇則志叶斷金，醨則昌言交絶。今以絶交爲惑，是未達隨時之義，猶撫絃者未知變響，張羅者不覿雲飛，謬之甚也。」梁書「鴻」作「鵠」，「雲」作「高」。

〔三三〕金鏡，喻明道。李善注：「雒書曰：『秦失金鏡。』鄭玄曰：『金鏡，喻明道也。』」

〔三四〕風烈，風教。文選司馬相如子虛賦：「願聞大國之風烈。」

〔三五〕驤，騰。龍驤，喻得志升官封爵。文選班固漢書述韓英彭盧吴傳：「雲起龍驤，化爲侯王。」蠖，尺蠖。蠖屈，喻不得意時屈身退隱。易繫辭下：「尺蠖之屈，以求伸也。」

〔三六〕汙隆，高下，喻世道的盛衰。禮記檀弓上：「道隆則從而隆，道汙則從而汙。」從道汙隆，即與世進退之意。

〔三七〕日月聯璧，喻太平景象。李善注引易坤靈圖曰：「至德之萌，日月若聯璧。」聯，南史作「連」。

〔三八〕亹亹，微妙之意。弘致，大義。贊，梁書作「歎」。

〔三九〕雲飛雹薄，喻世道衰亂。薄，通迫。雹，南史、五臣作「雷」。

〔四〇〕棣華之微旨，謂朋友可與共安樂而不可共患難。詩小雅常棣：「常（棠）棣之華，鄂不韡韡。……脊令在原，兄弟急難；每有良朋，况也永歎。兄弟鬩于墻，外禦其侮。每有良朋，烝也無戎。喪亂既平，既安且寧；雖有兄弟，不如友生。」

〔四一〕若五二句：五音，謂宫商角徵羽。文選馬融長笛賦：「五音代轉。」濟，成，指樂終。九成，樂一終爲一成，反覆演奏九次叫九成。尚書益稷：「簫韶九成，鳳凰來儀。」

〔四二〕朱生，指朱穆。玄珠，喻道。赤水，傳説中的河流。李善注引莊子（天地）：「黄帝遊於赤水之北，遺其玄珠，乃使象罔求而得之。」

〔四三〕謨，謀。神睿，猶言神聖。李善注：「今朱公叔絶交，是得矯時之義，此猶得玄珠於赤水，謨神睿而爲言，謂窮妙理之極也。」而，南史作「以」。

〔四四〕組織，編織。李善注引仲長統昌言曰：「道德仁義，天性也，織之以成其物，練之以成其情。」琢磨，喻修養品行。禮記大學：「如切如磋，道學也；如琢如磨，自修也。」至，類聚作「若」。

〔四五〕恤，憐憫。陵夷，丘陵漸平，喻衰落。

〔四六〕靈臺，指心。莊子庚桑楚：「不可内於靈臺。」司馬彪注：「心爲神靈之臺。」文選李陵答蘇武書：「人之相知，貴相知心。」

〔四七〕遺迹，遺忘形迹。江湖，李善注引莊子（大宗師）：「魚相忘於江湖。」五臣本張銑注：「謂心相知而跡相忘也。」

〔四八〕輟，止。風雨急而不輟音，暗用詩鄭風風雨：「風雨如晦，雞鳴不已。」鄭玄箋云：「喻君子雖居亂世，不變改其節度也。」

〔四九〕零，落。渝，改變。霜雪零而不變色，指長青的松柏。莊子讓王：「天寒既至，霜雪既降，吾是以知松柏之茂也。」

〔五〇〕素交，純潔的友誼。文選王僧達祭顔光禄文：「清交素友，比景共波。」類聚「斯」下有「則」。

〔五一〕叔世，末世。左傳昭公六年：「三辟之興，皆叔世也。」孔疏引服虔云：「政衰爲叔世。」訛，僞。詩小雅沔水：「民之訛言。」民，南史作「人」，乃避唐諱。

〔五二〕狙詐，詭詐。漢書敘傳：「吴孫狙詐，申商酷烈。」飈起，如暴風之突起。狙，類聚作「徂」。

〔五三〕踰，超過。險，指人心之險惡。莊子列禦寇：「孔子曰：『凡人心，險於山川，難於知天。』」

〔五四〕究，弄清。變，指人心之機變。古文苑董仲舒士不遇賦：「鬼神不能正人事之變戾。」

〔五五〕錐刀之末，言其小，喻小利。左傳昭公六年：「錐刀之末，將盡爭之。」毛羽，類聚作「羽毛」。

〔五六〕蚩蚩，紛擾貌。揚子法言重黎：「六國蚩蚩，爲嬴弱姬。」

〔五七〕類聚、梁書、南史及五臣本均無「則」字。

〔五八〕較言，概而言之，大略言之。

若其寵鈞董石〔五九〕，權壓梁竇〔六〇〕，雕刻百工，鑪捶萬物〔六一〕，吐漱興雲雨，呼噏下霜露〔六二〕，九域聳其風塵〔六三〕，四海疊其熛灼〔六四〕，靡不望影星奔，藉響川鶩〔六五〕。雞人始唱〔六六〕，鶴蓋成陰〔六七〕，高門旦開，流水接軫〔六八〕，皆願摩頂至踵，隳膽抽腸〔六九〕，約同要離焚妻子〔七〇〕，誓殉荆卿湛七族〔七一〕。是曰勢交〔七二〕，其流一也。

〔五九〕鈞，通均，等、同於。董、石，漢代之董賢、石顯，二人皆貴寵一時。漢書佞幸董賢傳云：董賢字聖卿，哀帝悦其儀貌。拜爲黄門郎。詔將作監，爲賢起大第北闕下，土木之功，窮極精巧。柱檻衣以綈錦，武庫禁兵，盡在董氏。又石顯傳云：石顯字君房，少坐法腐刑，爲黄門中尚書。遷僕射，代中書令。元帝被疾，不親政事，事無大小，因顯白決。

〔六〇〕梁、竇，後漢時外戚梁氏、竇氏，皆重權在握，勢傾中外。後漢書和帝紀云：孝和皇帝諱肇，年十歲，竇太后詔曰：「（竇）憲，朕之元兄，……當以舊典輔斯職也。」又梁冀傳云：梁冀字伯卓，爲大將軍，專擅威柄，凶恣日積。

〔六一〕鑪捶，鍛造。李善注云：「雕刻鑪捶，喻造物也。」

〔六二〕噏，同吸。後漢書宦者傳序：「舉動回山海，呼吸變霜露。」

〔六三〕九域，九州。聳，同竦，爾雅釋詁：「竦，懼也。」風塵，喻權臣恃君寵之勢。文選班固答賓戲：「商鞅挾三術以鑽孝公，李斯奮時務而要始皇。彼皆躡風塵之會，履顛沛之勢。」李善注引項岱曰：「彼，謂商鞅李斯輩也。風發於天，以喻君上，塵從下起，以喻斯等。」

〔六四〕疊，通慴，詩周頌時邁：「莫不震疊。」毛傳：「疊，懼。」燻灼，言勢盛。文選潘岳西征賦：「熏灼四方，震燿都鄙。」

〔六五〕靡不二句：靡，無。星奔，喻投奔之迅速如流星。文選劉琨答盧諶：「裹糧攜弱，匍匐星奔。」藉，因。川騖，如川之奔流入海。廣韻仙韻「川」字下引蔡邕月令章句：「衆流注海曰川。」喻趨歸之速。文選蔡邕郭有道碑文：「望形表而影附，聆嘉聲而響和者，猶百川之歸巨海。」騖，梁書、南史作「鶩」。

〔六六〕雞人，古報曉之吏人。見周禮春官雞人。鄭玄注：「象雞知時也。」

〔六七〕鶴蓋，謂車蓋如飛鶴。李善注引劉楨魯都賦云：「蓋如飛鶴，馬似游魚。」

〔六八〕高門二句：高門，可容駟馬高蓋車出入之大門。軨，車。流水接軨，後漢書皇后紀上明德馬皇后：「見外家問起居者，車如流水馬如游龍也。」

〔六九〕隳膽抽腸，喻忠誠，猶言「肝腦塗地」、「可以把心挖出來」之類。

〔七〇〕要離，春秋時人。吴公子光（即後來的吴王闔廬）欲殺王子慶忌，要離詐以罪亡，令吴王燔其妻子，要離走見慶忌，慶忌不疑而納之，要離遂乘間以劍刺殺慶忌。事見呂氏春秋忠廉及吳越春秋闔閭内傳。

〔七一〕荆卿，荆軻。軻爲燕太子丹刺秦王，未遂而死，其族坐亡。事見戰國策燕策及史記刺客列傳。湛，同沉，没、滅。文選鄒陽獄中上書自明：「荆卿湛七族，要離燔妻子，豈足爲大王道哉！」殉，梁書作「徇」。七，類聚作「亡」，五臣作「宗」。

〔七二〕類聚無「是」。

富埒陶白〔七三〕，貲巨程羅〔七四〕，山擅銅陵〔七五〕，家藏金穴〔七六〕，出平原而聯騎，居里閈而鳴鍾〔七七〕。則有窮巷之賓〔七八〕，繩樞之士〔七九〕，冀宵燭之末光〔八〇〕，邀潤屋之微澤〔八一〕。魚貫鳧躍〔八二〕，颯沓鱗萃〔八三〕。分鴈鶩之稻粱〔八四〕，霑玉斝之餘瀝〔八五〕。銜恩遇，進款誠〔八六〕，援青松以示心，指白水而旌信〔八七〕，是曰賄交，其流二也。

〔七三〕埒（liè，音列），相並，相等。陶白，陶朱公、白圭。史記貨殖列傳云：范蠡變名易姓，之陶，爲朱公。朱公以爲陶天下之中，諸侯四通，貨物所交易也。乃治産積居，十九年之中三致千金。後年衰老而聽子孫，子孫修業而息之，遂至巨萬。故言富者皆稱陶朱公。漢書貨殖傳曰：「白圭，周人也。……樂觀時變，……天下言治生者祖白圭。」埒，類聚作「均」。

〔七四〕貲，通資。程羅，漢代之程鄭、羅裒。程鄭以冶鑄成大富。羅裒，成都人，貲至巨萬。二人事並見漢書貨殖傳。

〔七五〕銅陵，銅山。漢文帝賜宦者鄧通嚴道銅山，得專鑄錢，鄧氏錢布天下。見漢書佞幸傳。

〔七六〕家藏金穴，指東漢郭況。況，郭皇后弟，爲大鴻臚，數賞賜金錢，京師號況家爲金穴。見後漢書郭皇后紀。

〔七七〕閈（hàn，音漢），里門。文選左思蜀都賦：「里閈對出。」鳴鍾，食時擊鍾，爲富貴之儀。漢書貨殖傳：「濁氏以胃脯而連騎，張里以馬醫而擊鍾。」

〔七八〕窮巷，貧者所居之地。漢書陳平傳言陳平家貧，「負郭窮巷，以席爲門」。

〔七九〕繩樞，以繩繫代户樞，貧者之居。文選賈誼過秦論：「陳涉甕牖繩樞之子。」士，五臣作「子」。

〔八〇〕末光，餘光。李善注引戰國策（秦策）曰：「君聞夫江上之處女乎？夫江上之處女，有家貧而無燭者，處女相與語，欲去之。家貧無燭者將去矣，謂處女曰：『妾以無燭之故，常先掃室布席，何愛餘明之照四壁者。』處女以爲然，留之。」

〔八一〕邀，求。潤屋，謂富家。禮記大學：「富潤屋，德潤身。」微澤，小恩小惠。

〔八二〕魚貫，如游魚般首尾相接逐一而行。鳧躍，如野鴨般踴躍争前。李善注引潘岳哀辭曰：「望歸瞥見，鳧藻踴躍。」躍，梁書、南史作「踊」。

〔八三〕颯沓，衆盛貌。李善注引張衡羽獵賦：「輕車颯沓。」鱗，指魚。萃，聚集。文選張衡西京賦：「鳥集鱗萃。」

〔八四〕鴈鶩之稻粱，貴家以稻粱飼鴈鶩。李善注引魯連子曰：「君鴈鶩有餘粟。」

〔八五〕斝，酒器。餘瀝，殘酒。李善注引史記（滑稽列傳）：「淳于髡曰：親有嚴客，持酒於前，時賜餘瀝。」

〔八六〕款誠，誠懇。玉臺新詠秦嘉贈婦詩：「何用敍我心，遺思致款誠。」

〔八七〕援青二句：是一種諷刺的寫法，揭示「賄交」者口頭上標榜「清白」。白水，取明白之義。左傳僖公二十四年：「所不與舅氏同心者，有如白水！」旌，表白。

陸大夫宴喜西都〔八八〕，郭有道人倫東國〔八九〕，公卿貴其籍甚，搢紳羨其登仙〔九〇〕。加以頷頤蹙頞，涕唾流沫〔九一〕，騁黄馬之劇談〔九二〕，縱碧雞之雄辯〔九三〕。叙温郁則寒谷成暄〔九四〕，論嚴苦則春叢零葉〔九五〕。飛沈出其顧指，榮辱定其一言。於是有弱冠王孫，綺紈公子〔九六〕，道不挂於通人〔九七〕，聲未遒於雲閣〔九八〕，攀其鱗翼，丐其餘論〔九九〕，附駔驥之旄端〔一〇〇〕，軼歸鴻於碣石〔一〇一〕。是曰談交，其流三也。

〔八八〕陸大夫，陸賈。李善注引漢書（陸賈傳）：「高祖拜陸賈爲太中大夫，陳平以錢五百萬遺賈，爲食飲費，賈以此游公卿間，名聲籍甚。」西都，長安。宴，梁書作「燕」。

〔八九〕郭有道，郭泰。李善注引後漢書（郭泰傳）：「泰字林宗，博通墳籍，善談論。……雖善人倫，而不爲危言覈論。」人倫，謂臧否人物。東國，洛陽。

〔九〇〕登仙，成仙。李善注引後漢書（郭泰傳）：「游洛陽，後歸鄉，諸儒送之，與李膺同舟而濟，衆賓望之，以爲神仙。」

〔九一〕頷頤，臉頰扭曲的樣子。蹙，緊縮。頞，鼻梁。頷頤蹙頞，高談闊論時面部的表情。文選揚雄解嘲：「（蔡澤）頷頤折頞，涕唾流沫。」

〔九二〕黄馬，戰國時公孫龍之辯辭。朱珔文選集釋卷二四引公孫龍白馬論曰：「以有馬爲異有黄馬，是異黄馬於馬也。異黄馬於馬，是以黄馬爲非馬也。以黄馬爲非馬，而以白馬爲有馬，此飛者入池，而棺槨異處，天下之悖言亂辭也。」

〔九三〕碧雞，亦公孫龍之辯辭。文選集釋卷二四引公孫龍通變論曰：「與其碧寧黄，黄其馬也，其與類乎？碧其雞也，其與暴乎？暴則君臣争而兩明也，兩明者，昏不明，非正舉也。」辯，類聚作「辨」。

〔九四〕温郁，暄，温暖。寒谷成暄，李善注引劉向别録曰：「鄒衍在燕，有谷寒而不生五穀，鄒子吹律而温至生黍也。」郁，梁書、南史及五臣作「燠」。

〔九五〕嚴苦，嚴冬苦寒。零，凋落。苦，梁書作「枯」。

〔九六〕於是二句：弱冠，古時男子二十成人，初加冠，體力未壯，故曰弱冠。禮記曲禮上：「二十曰弱，冠。」綺紈，綺襦紈袴，衣錦繡者。梁書無「有」字。

〔九七〕通人，謂博覽古今者。論衡超奇：「通書千篇以上，萬卷以下，弘暢雅閑，審定文讀，而以教授爲人師者，通人也。」挂，梁書作「絓」。

〔九八〕遒，强勁有力。雲閣，指賢達之所。李善注引應瑒釋賓曰：「子猶不能騰雲閣，攀天衢。」

〔九九〕丐，乞求。餘論，談餘之論。文選司馬相如子虛賦：「願聞大國之風烈，先生之餘論。」

〔一〇〇〕駔（zǎng，音葬上聲），壯馬。驥，良馬。旄，尾。李善注引張敞集曰：「蒼蠅之飛，不過十步，託驥之尾，乃騰千里之路。」駔，梁書、南史作「騏」。旄，類聚、梁書作「髦」。

〔一〇一〕軼，通佚，過。公羊傳宣公十二年：「令之還師而佚晉寇。」何休注：「佚，猶過。」碣石，山名。此處乃泛指，喻其遠。李善注引淮南子（覽冥篇）：「過歸鴻於碣石也。」

陽舒陰慘，生民大情〔一〇二〕，憂合驩離，品物恒性〔一〇三〕。故魚以泉涸而呴沫〔一〇四〕，鳥因將死而鳴哀〔一〇五〕。同病相憐，綴河上之悲曲〔一〇六〕；恐懼寘懷，照谷風之盛典〔一〇七〕。斯則斷金由於湫隘〔一〇八〕，刎頸起於苫蓋〔一〇九〕。是以伍員濯溉於宰嚭〔一一〇〕，張王撫翼於陳相〔一一一〕。是曰窮交，其流四也。

〔一〇二〕陽舒二句：陽，謂人生時也，陰，謂人死後也。文選張衡西京賦：「人在陽時則舒，在陰時則慘。」民，南史作「靈」。

〔一〇三〕憂合二句：品物，衆物。易乾：「品物流形。」二句謂憂時易合，歡時易散，乃萬物常情。

〔一〇四〕煦（xǔ，音詡），吹。煦沫，莊子大宗師：「泉涸，魚相與處於陸，相呴以濕，相濡以沫，不如相忘於江湖。」李善注引「呴」作「煦」。

〔一〇五〕鳴哀，論語泰伯：「鳥之將死，其鳴也哀。」梁書作「悲鳴」，五臣作「哀鳴」。

〔一〇六〕同病二句：李善注引吴越春秋（闔閭内傳）：「伯嚭來奔於吴，子胥請以爲大夫。吴大夫被離承宴問子胥曰：『何見而信伯嚭乎？』子胥曰：『吾之怨與嚭同，子聞河上之歌者乎？同病相憐，同憂相救。驚翔之鳥，相隨而集，瀨下之水，回復俱流。誰不愛其所近，悲其所思者乎！』」

〔一〇七〕恐懼二句：詩小雅谷風序：「谷風，刺幽王也。天下俗薄，朋友道絶焉。」恐懼寘懷，見谷風：「將恐將懼，寘予于懷。」

〔一〇八〕斷金，喻同心。易繫辭上：「二人同心，其利斷金。」湫（qiǎo，音巧）隘，低下狹小之地，賤者所居。左傳昭公三年：「子之宅近市，湫隘囂塵。」

〔一〇九〕刎頸，刎頸之交。李善注引漢書（張耳陳餘傳）：「張耳陳餘，相與爲刎頸之交。」苫，白茅。苫蓋，草屋。

〔一一〇〕伍員，伍子胥。濯溉，洗滌。謂伍員爲伯嚭洗刷。宰嚭，伯嚭，任太宰。伯嚭來奔於吴，實因子胥濯溉而榮顯，然日後害子胥者，伯嚭也。事見吴越春秋闔閭内傳及史記伍子胥傳。

〔一一一〕張王，張耳。撫翼，扶持。陳相，陳餘。陳餘因張耳撫翼而奮飛，餘既尊而襲耳。事見史記及漢書之張耳陳餘傳。漢書敍傳：「張陳之交，斿如父子，攜手逐秦，撫翼俱起。」李善注引「斿」作

「好」,「逐」作「遯」。

馳騖之俗,澆薄之倫〔一一二〕,無不操權衡,秉纖纊〔一一三〕。衡所以揣其輕重〔一一四〕,纊所以屬其鼻息。若衡不能舉,纊不能飛〔一一五〕,雖顏冉龍翰鳳雛〔一一六〕,曾史蘭薰雪白〔一一七〕,舒向金玉淵海〔一一八〕,卿雲黼黻河漢〔一一九〕,視若游塵,遇同土梗〔一二〇〕。莫肯費其半菽〔一二一〕,罕有落其一毛〔一二二〕。若衡重錙銖〔一二三〕,纊微彯撇〔一二四〕,雖共工之蒐慝〔一二五〕,驩兜之掩義〔一二六〕,南荆之跋扈〔一二七〕,東陵之巨猾〔一二八〕,皆爲匍匐逶迤〔一二九〕,折枝舐痔〔一三〇〕,金膏翠羽將其意〔一三一〕,脂韋便辟導其誠〔一三二〕。故輪蓋所游,必非夷惠之室〔一三三〕,苞苴所入,實行張霍之家〔一三四〕。謀而後動,毫芒寡忒〔一三五〕。是曰量交,其流五也。

〔一一二〕馳騖二句:馳騖,謂趨炎附勢。李善注引阮武正論曰:「交游之黨,爲馳騖所廢。」澆,薄。澆薄,謂社會風氣浮薄。後漢書朱穆傳:「常感時澆薄。」倫,類。

〔一一三〕無不二句:權衡,指稱。權乃稱之錘,衡乃稱之桿。秉,持。纖纊,絲綿,易動摇,人將死,置口鼻上以爲候。儀禮既夕禮:「屬纊以俟氣絶。」秉,南史作「執」。

〔一一四〕揣,量。類聚作「量」。

〔一一五〕衡不舉,言其人輕微。纊不飛,喻其勢小位卑,不敢出粗氣。

〔二六〕顔冉，顔淵、冉伯牛。二人皆孔子弟子。龍翰鳳雛，稱喻其才能卓絶。三國志魏書邴原傳：「（邴原張範，）所謂龍翰鳳翼。」

〔二七〕曾史，曾參、史魚。曾參，孔子弟子。史魚，衛大夫。蘭薰雪白，喻香如蘭，潔如雪。

〔二八〕舒向，漢代之董仲舒、劉向。金玉淵海，言德比金玉，學如淵海。李善注引論衡（量知）：「劉子駿（向子歆）漢朝之智囊，筆墨之淵海。」淵，南史作「泉」，乃避唐諱。

〔二九〕卿，司馬相如，字長卿。雲，揚雄，字子雲。黼黻河漢，喻文章燦如黼黻，爛如星漢。李善注引論衡（案書）曰：「漢諸儒作書者，以司馬長卿、揚子雲，河漢也；其餘，涇渭也。」朱珔文選集釋卷二四：「案河漢當謂天之河漢。」又云：「爾雅釋言：『黼黻，彰也。』荀子禮論篇云：『黼黻文章。』此謂二人文章之著，義正相合。若但作河水、漢水，則似四字不屬矣。」

〔三〇〕視若二句：游塵、土梗，喻輕賤。李善注引嵇含司馬誄曰：「命危朝露，身輕游塵。」同土梗，類聚作「如斷梗」。

〔三一〕半菽，半粒豆，極言其微少。一說半爲量器名，容半升。義雖亦通，實不及以「半粒」喻少爲切。其說見胡紹煐文選箋證卷三一。

〔三二〕一毛，孟子盡心上：「楊子取爲我，拔一毛而利天下，不爲也。」

〔三三〕錙銖，喻輕微。韓非子功名：「千鈞得船則浮，錙銖失船則沉。」古以六銖爲錙，一兩爲二十四銖。

〔二四〕彯撇，飄拂。文選王褒洞簫賦：「聯綿彯撇生微風兮。」「衡重錙銖，纊微彯撇」，喻略有權勢。

〔二五〕共工，堯時四凶之一，爲舜所流。蒐，隱。慝，惡。左傳文公十八年：「少皡氏有不才子，……服讒蒐慝，以誣盛德，天下之民謂之窮奇。」杜注：「謂共工，其行窮，其好奇。」

〔二六〕驩兜，堯時四凶之一，爲舜所放。左傳文公十八年：「帝鴻氏有不才子，掩義隱賊，好行凶德。」杜注：「謂驩兜也。」

〔二七〕南荆，謂莊蹻。蹻爲楚莊王之後，南征取滇池，爲滇王。李善注引韓非子（喻老）：「莊周子謂楚莊王曰：『莊蹻爲盜於境内，吏不能禁。』」

〔二八〕東陵，謂盜跖。見辯命論注〔三五〕。

〔二九〕匍匐，伏地爬行。逶迤，依順貌。史記蘇秦列傳：「蘇秦笑謂其嫂曰：『何前倨而後恭也？』嫂委虵蒲服（即逶迤匍匐），以面掩地而謝曰：『見季子位高金多也。』」

〔三〇〕折枝，折腰拜揖。孟子梁惠王上：「爲長者折枝，語人曰『我不能』，是不爲也，非不能也。」此從陸筠翼孟釋。又趙岐解爲按摩，孫奭解爲折取樹枝，於原文皆通。舐痔，舔痔瘡。莊子列禦寇：「莊子曰：『秦王有病召醫，破癰潰痤者得車一乘，舐痔者得車五乘，所治愈下，得車愈多。子豈治其痔邪？何得車之多也？』」

〔三一〕金膏，仙藥。文選謝靈運入彭蠡湖口作詩：「金膏滅明光，水碧綴流温。」五臣注：「向曰：『金膏，仙藥也。』」翠羽，翠鳥之毛羽。金膏翠羽，喻貴重難得之物。將，順從。漢書禮樂志：「九夷賓將。」注：「將猶從也。」

〔一三二〕韋，熟革。脂韋，言柔滑。便辟，逢迎讒媚貌。論語季氏：「孔子曰：『益者三友，損者三友。友直，友諒，友多聞，益矣。友便辟，友善柔，友便佞，損矣。』」

〔一三三〕輪，車輪。蓋，車蓋。輪蓋，指車。夷惠，伯夷、柳下惠，泛指道德高尚之士。

〔一三四〕苞苴，包裹。引申爲納賄於人。禮記曲禮上：「凡以弓劍苞苴簞笥問人者。」張霍，張安世、霍光，皆漢代之顯貴。此泛指貴家。

〔一三五〕忒，差。寡忒，無差錯。毫芒，梁書、類聚作「芒毫」，南史作「芒豪」。

凡斯五交，義同賈鬻〔一三六〕。故桓譚譬之於闤闠〔一三七〕，林回喻之於甘醴〔一三八〕。夫寒暑遞進〔一三九〕，盛衰相襲〔一四〇〕。或前榮而後悴〔一四一〕，或始富而終貧〔一四二〕，或初存而末亡，或古約而今泰〔一四三〕。循環翻覆，迅若波瀾〔一四四〕。此則殉利之情未嘗異〔一四五〕，變化之道不得一。由是觀之，張陳所以凶終〔一四六〕，蕭朱所以隙末，斷焉可知矣〔一四七〕。而翟公方規規然勒門以箴客〔一四八〕，何所見之晚乎？因此五交〔一四九〕，是生三釁〔一五〇〕：敗德殄義〔一五一〕，禽獸相若，一釁也；難固易攜〔一五二〕，讎訟所聚，二釁也；名陷饕餮〔一五三〕，貞介所羞〔一五四〕，三釁也。古人知三釁之爲梗〔一五五〕，懼五交之速尤〔一五六〕，故王丹威子以檟楚〔一五七〕，朱穆昌言而示絶，有旨哉！有旨哉〔一五八〕！

〔一三六〕賈鬻，買賣。同，類聚作「均」。

〔一三七〕桓譚，後漢人，字君山，光武時拜議郎，著新論。闤闠，指市場。初學記卷二四引顔延之纂要曰：「市巷謂之闤，市門謂之闠。」李善云：「譚集及新論，並無以市喻交之文。戰國策（齊策）：『譚拾子謂孟嘗君曰：「得無怨齊士大夫乎？」孟嘗君曰：「然。」譚拾子曰：「富貴則就之，貧賤則去之，請以市喻：市朝則滿，夕則虚，非朝愛市，而夕憎之也。求存故往，亡故去，願君勿怨。」』然此以市喻交，疑『拾』誤爲『桓』，遂居『譚』上耳。」案：李善所言極是。

〔一三八〕林回，戰國時人，回有「君子之交淡若水，小人之交甘如醴」之語，見莊子山木。醴，甜酒。

〔一三九〕遞進，輪流，更替。易繫辭下：「寒往則暑來，暑往則寒來。」

〔一四〇〕襲，因。文子九守：「夫物盛則衰。」

〔一四一〕悴，憂。梁書作「瘁」。

〔一四二〕始富終貧，李善注引説苑（善説）：「臣之能令悲者，先貴而後賤，古富而今貧。」

〔一四三〕約，儉。泰，通。文選潘岳笙賦：「有始泰終約，前榮後悴。」

〔一四四〕循環二句：文選陸機君子行：「翻覆若波瀾。」若，梁書作「彼」。

〔一四五〕殉，梁書、南史及五臣作「徇」。

〔一四六〕張陳凶終，指張耳陳餘事。

〔一四七〕蕭朱，漢蕭育、朱博。育與博友善，後育爲九卿，博先至丞相，育與博遂有隙。事附漢書蕭望之傳。後漢書王丹傳：「張陳凶其終，蕭朱隙其末。」矣，六臣本作「也」。

〔一四八〕翟公，漢下邽人，爲廷尉，賓客填門，及廢，門可羅雀。後復爲廷尉，賓客欲往，公大署其門曰：「一死一生，乃知交情；一貧一富，乃知交態；一貴一賤，交情乃見。」見漢書鄭當時傳。規規然，自失貌。勒，刻。箴，告誡。

〔一四九〕梁書、南史及六臣本「因」上有「然」字。

〔一五〇〕釁，過。

〔一五一〕殄，絶。

〔一五二〕攜，離。左傳僖公七年：「招攜以禮，懷遠以德。」

〔一五三〕饕餮，見辯命論注〔一三〕。

〔一五四〕貞介，指堅貞耿介的人。

〔一五五〕梗，病。詩大雅桑柔：「誰生厲階？至今爲梗。」

〔一五六〕速，招致。詩召南行露：「誰謂女無家，何以速我獄？」尤，罪過。

〔一五七〕王丹，後漢人。後漢書王丹傳言丹之子有同門生喪親，家在中山，白丹欲奔慰，丹怒而撻之。檟楚，檟木、荆條，借指鞭撻刑具。即禮記學記「夏楚二物，收其威也」之夏楚。檟，南史作「榎」。

〔一五八〕李善注云：「有梁之初，淳風已喪。俗多馳競，人尚浮華。故敍叔世之交情，刺當時之輕薄，朱生示絶，良會其宜，重言之者，歎美之至。」梁書「有旨哉」不重有。

近世有樂安任昉〔一五九〕，海内髦傑〔一六〇〕，早綰銀黄〔一六一〕，夙昭民譽〔一六二〕。遒文麗藻，方駕曹王〔一六三〕；英跱俊邁〔一六四〕，聯横許郭〔一六五〕。類田文之愛客〔一六六〕，同鄭莊之好賢〔一六七〕。見一善則盱衡扼腕〔一六八〕，遇一才則揚眉抵掌〔一六九〕。雌黄出其脣吻〔一七〇〕，朱紫由其月旦〔一七一〕。於是冠蓋輻湊〔一七二〕，衣裳雲合，輜軿擊轊〔一七三〕，坐客恒滿。蹈其閫閾〔一七四〕，若升闕里之堂〔一七五〕；入其奧隅〔一七六〕，謂登龍門之阪〔一七七〕。至於顧盼增其倍價〔一七八〕，剪拂使其長鳴〔一七九〕。彯組雲臺者摩肩〔一八〇〕，趨走丹墀者疊迹〔一八一〕，莫不締恩狎〔一八二〕，結綢繆〔一八三〕，想惠莊之清塵〔一八四〕，庶羊左之徽烈〔一八五〕。及瞑目東粤〔一八六〕，歸骸洛浦〔一八七〕。繐帳猶懸〔一八八〕，門罕漬酒之彦〔一八九〕；墳未宿草〔一九〇〕，野絶動輪之賓〔一九一〕。藐爾諸孤〔一九二〕，朝不謀夕，流離大海之南〔一九三〕，寄命瘴癘之地〔一九四〕。自昔把臂之英〔一九五〕，金蘭之友〔一九六〕，曾無羊舌下泣之仁〔一九七〕，寧慕郈成分宅之德〔一九八〕？嗚呼！世路險巇〔一九九〕，一至於此，太行孟門，豈云嶄絶〔二〇〇〕！是以耿介之士〔二〇一〕，疾其若斯，裂裳裹足〔二〇二〕，棄之長騖〔二〇三〕。獨立高山之頂，歡與麋鹿同群，皦皦然絶其雰濁〔二〇四〕，誠耻之也！誠畏之也〔二〇五〕！」

〔一五九〕樂安，晉郡國名，地在今山東。任昉，字彦昇，樂安博昌人，梁武帝時爲義興、新安太守，爲政清省，吏民便之。所著文章數十萬言。

〔一六〇〕髦傑，俊傑。

〔一六一〕綰，繫。銀黃，銀印黃綬。

〔一六二〕夙，早。夙昭民譽，謂其爲官頗有政聲。南史任昉傳云：昉爲義興太守時，「歲荒民散，以私奉米豆爲粥，活三千餘人」。「在郡所得公田奉秩八百餘石，昉五分督一，餘者悉原，兒妾食麥而已」。出爲新安太守，「爲政清省，吏民便之。卒於官，唯有桃花米二十石，無以爲斂。遺言不許以新安一物還都，雜木爲棺，浣衣爲斂，闔境痛惜，百姓共立祠堂於城南，歲時祠之」。

〔一六三〕遒文二句：遒，剛勁。方駕，並駕。後漢書馬援傳：「臨洮道險，車騎不得方駕。」曹王，曹植、王粲。

〔一六四〕跱，梁書、類聚及五臣作「特」。

〔一六五〕許郭，東漢末年許劭、郭泰。二人皆一時名士。後漢書郭符許列傳云：「天下言拔士者咸稱許郭。」横，梁書、南史作「衡」。

〔一六六〕田文，孟嘗君。戰國時齊之公族，爲齊相，以好客而名聞天下。事見史記孟嘗君列傳。客，類聚作「士」。

〔一六七〕鄭莊，漢鄭當時，字莊，爲大司農，每朝，候上間説，未嘗不言天下長者，事見漢書鄭當時傳。

〔一六八〕盱，張目。眉上曰衡。盱衡，謂舉眉揚目。漢書王莽傳：「盱衡厲色，振揚武怒。」扼腕，以手握腕，表示興奮。文選左思蜀都賦：「劇談戲論，扼腕抵掌。」

〔一六九〕眉，類聚作「肩」。

〔一七〇〕雌黄，礦物名，可作顔料，古時用以校書塗改文字。此處謂信口更改。晉書王衍傳云：「義理有所不安，隨即改更，世號『口中雌黄』。」

〔一七一〕朱紫，指正邪、是非、優劣等。論語陽貨：「惡紫之奪朱也。」集解：「朱，正色。紫，間色之好者。惡其邪好而奪正色也。」李善注引東觀漢記（宗資傳）：「汝南太守宗資等，任用善士，朱紫區別。」月旦，指品評人物。後漢書許劭傳：「劭與（從兄）靖俱有高名，好共覈論鄉黨人物，每月輒更其品題，故汝南俗有『月旦評』焉。」後因稱品評人物爲月旦。

〔一七二〕冠蓋，指貴者。蓋，高蓋車，顯者所乘。輻，車輪之輻條。輻湊，以車輻之湊合喻聚集。漢書地理志：「郡國輻湊。」

〔一七三〕輜軿，古代婦女坐的有帷蔽的車。劉向列女傳四：「妾聞妃后逾閾，必乘安車輜軿。」此處泛指車輛。轊，車軸端。擊轊，寫車輛擁擠。

〔一七四〕閫閾，門檻。

〔一七五〕闕里，孔子所居，在今山東曲阜。

〔一七六〕奥，室之西南隅，爾雅釋宫：「西南隅曰奥。」奥隅，泛指室内。奥，本作「隩」，據梁書改。

〔一七七〕龍門，當時喻任昉之居宅爲龍門。世説新語德行：「李元禮風格秀整，高自標持，欲以天下名教是非爲己任。後進之士，有升其堂者，皆以爲登龍門。」南史陸倕傳：「倕與任昉友善，「及昉爲中丞，簪裾輻湊，預其讌者，殷芸、到溉、劉苞、劉孺、劉顯、劉孝綽及倕而已，號曰『龍門之遊』。」

〔一七八〕倍價，身價立倍。李善注引戰國策（燕策）：「客有謂伯樂曰：『臣有駿馬欲賣之，比三旦而立於市，人莫與言，願子還而視之，去而顧之，臣請獻一朝之費。』伯樂乃旋視之，去而顧之，一旦而馬價十倍。」類聚無「於」。盼，南史、類聚作「眄」。

〔一七九〕剪拂，同揃拔，薦拔。説見清黄丕烈札記。李善注引戰國策（楚策）：「夫驥服鹽車上太行，中坂遷延，負轅不能上，伯樂遭之，下車，攀而哭之，驥於是仰而鳴者，何也？彼見伯樂之知己。今僕居鄙俗之日久矣，君獨無意湔拔僕也，使得爲君高鳴屈於梁乎？」（末句據戰國策補。）

〔一八〇〕雲臺，指宫殿。彯組雲臺者，謂顯貴。摩肩，擦肩，言其擁擠。摩肩，類聚作「肩摩」。

〔一八一〕丹墀，即赤墀，説文土部：「墀，涂地也。禮：『天子赤墀。』」趨走丹墀者，謂出入宫庭之人。疊迹，足迹重疊，喻多。

〔一八二〕締，結。恩狎，親近，情誼。

〔一八三〕綢繆，義同恩狎，指情意纏綿。三國志蜀書蜀先主傳：「先主至京見（孫）權，綢繆恩紀。」

〔一八四〕惠莊，惠施、莊周。惠施，宋人，仕於梁，爲惠王相。莊周，宋蒙縣人，曾爲漆園吏。惠施死而莊周之説止，以世莫可語也，見淮南子脩務篇。

〔一八五〕庶，通摭，拾取。羊左，羊角哀、左伯桃。李善注引列士傳云：「羊角哀左伯桃爲死友，聞楚王賢，往尋之，道遇雨雪，計不俱全，（伯桃）乃并衣糧與角哀，入樹中死。」徽，美。烈，功業。

〔一八六〕瞑目，謂死。任昉爲新安太守，卒於官舍，其地在今之浙江，故曰東粤。李善注引莊子曰：「夫差瞑目東粤。」（案：此爲莊子佚文。）粤，梁書、類聚作「越」。

〔一八七〕歸骸，歸葬。洛浦，洛水之濱。

〔一八八〕穗帳，死者靈帳。

〔一八九〕漬酒之彦，謂弔喪者。後漢書徐穉傳注引謝承後漢書：「徐穉弔喪，常於家豫炙雞一隻，以一兩緜絮漬酒暴乾，以裹雞，徑到所赴冢遂外，以水漬緜，使有酒氣，醊酒畢，……留謁即去，不見喪主。」

〔一九〇〕宿草，隔年之草。禮記檀弓上：「朋友之墓，有宿草而不哭焉。」是則當年憑吊，有哀哭之禮。

〔一九一〕動輪之賓，用范式事。式弔張劭，未至而柩不進，及式至執引，柩乃前。參見注〔一八〕。此泛指真摯的朋友。

〔一九二〕藐，幼小。諸孤，指昉子。

〔一九三〕大海之南，李善注：「不言昉子遠之交桂，今言大海之南者，蓋言流離之甚也。」

〔一九四〕瘴癘之地，惡疾流行之熱帶地區。瘴，本作「嶂」，據梁書、南史、類聚改。

〔一九五〕把臂之英，謂可以託孤之友。李善注引東觀漢記（朱暉傳）曰：「朱暉同縣張堪，有名德，每與相見，常接以友道，暉以堪宿成名德，未敢安也。堪把暉臂曰：『欲以妻子託朱生。』堪後物故，南陽餓，暉聞堪妻子貧窮，乃自往候視，見其困厄，分所有以賑給之，歲送穀五十斛，帛五疋，以爲常。」

〔一九六〕金蘭之友，謂知心。易繫辭上：「二人同心，其利斷金，同心之言，其臭如蘭。」案：「把臂之英」，「金蘭之友」，乃諷指到氏兄弟。梁書到洽傳云：任昉有知人之鑒，與洽兄沼、溉並善，嘗訪洽於田舍，見之曰：「此子日下無雙。」遂申拜親之禮。李善注引劉孝綽（今本誤「綽」作「標」）與諸弟書曰：「任既假以吹噓，各登清貫。任云亡未幾，子姪漂流溝渠，洽等視之悠然，不相存贍。」

〔一九七〕羊舌，羊舌肸。春秋時，晉羊舌肸見司馬侯之子，撫而哭之，事見國語晉語。

〔一九八〕郈成，郈成子。春秋時，郈成子自魯聘晉，過於衛，右宰穀臣止而觴之，陳樂而不作，酣畢而送以璧，成子不辭。行三十里而聞衛亂作，穀臣死，成子於是迎其妻子，還其璧，隔宅而居之。事見孔叢子陳士義。

〔一九九〕險巇，猶顛危，楚辭七諫怨世：「何周道之平易兮，然蕪穢而險戲。」戲通巇。

〔二〇〇〕太行，山名，連亘今河南河北山西境。孟門，在太行以東。豈，梁書作「寧」。

〔二〇一〕耿介，正直。

〔二〇二〕裂裳裹足，形容疾行。走之疾，鞋壞，乃裂裳以裹足而行。李善注引墨子（公輸）：「公輸欲以楚攻宋，墨子聞之，自魯往，裂裳裹足，十日至郢。」

〔二〇三〕長騖，謂疾速遠避。

〔二〇四〕曒曒，潔白。雰，同氛。雰濁，濁氣。

〔二〇五〕「誠耻」二句：南史任昉傳云：「到溉見其論，抵几於地，終身恨之。」

序

相經序〔一〕

夫命之與相，猶聲之與響〔二〕。聲動乎幾〔三〕，響窮乎應。雖壽夭參差〔四〕，賢愚不一，其間大較〔五〕，可得聞矣。若乃生而神睿〔六〕，弱而能言〔七〕，八彩光眉，四瞳麗目〔八〕，斯實天姿之特達〔九〕，聖人之符表〔一〇〕。洎乎日角月偃之奇〔一一〕，龍樓虎踞之美〔一二〕，地静鎮於城纏〔一三〕，天關運於掌策〔一四〕，金摣玉枕〔一五〕，磊落相望，伏犀起蓋〔一六〕，隱轔交映〔一七〕，井宅既兼〔一八〕，食匱已實〔一九〕，抑亦帝王卿相之明効也。及其深目長頸〔二〇〕，頹顔蹙齃〔二一〕，虵行鷙立〔二二〕，猳喙烏咮〔二三〕，筋不束體，血不華色，手無春荑之柔〔二四〕，髮有寒蓬之悴〔二五〕，或先吉而後凶，或少長乎窮乏〔二六〕，不其悲歟！至如姬公凝負圖之容〔二七〕，孔父眇栖遑之迹〔二八〕，豐下知其有後〔二九〕，黄中明其可貴〔三〇〕。其間或躍馬膳珍〔三一〕，或飛而食肉〔三二〕，或皂隸晚侯〔三三〕，或初形未正〔三四〕，銅巖無以飽生〔三五〕，玉饌終乎餓死〔三六〕。因斯以觀，何事非命！

【校注】

〔一〕本篇録自影宋紹興本藝文類聚卷七五，以國家圖書館藏七十二家集劉户曹集（簡稱張本）比勘。相經三十卷，鍾武隸撰，隋志子部五行類著録，並云亡。兩唐志無録。鍾武隸，史傳無載，不可考。

〔二〕聲之與響，聲音與回響。史記田完世家：「吾語之微言五，其應我若響之應聲。」

〔三〕幾，隱微。易繫辭下：「幾者，動之微，吉之先見者也。」

〔四〕壽夭，古以爲壽夭有相。論衡命義篇：「人有壽夭之相，亦有貧富貴賤之法，俱見於體。」又云：「案骨節之法，察皮膚之理，以審人之性命，無不應者。」

〔五〕大較，大概，大略。

〔六〕神睿，超凡入聖。睿，聖。

〔七〕弱而能言，生即能言，指黄帝。史記五帝本紀：黄帝者，「生而神靈，弱而能言。」

〔八〕八彩光眉，指堯。抱朴子祛惑篇：「堯眉八彩，謂直兩眉頭豎似八字耳。」四瞳，二目重瞳，指舜。尸子：「舜兩眸子，是謂重瞳。」論衡骨相篇：「堯眉八彩，舜目重瞳。」彩，原作「采」，據張本改。

〔九〕天姿，天然之姿。見文選馬融長笛賦李善注。

〔一〇〕符表，外表。中論法象：「夫容貌者，人之符表也。」

〔一一〕日角，謂庭中骨起，狀如日。見後漢書光武紀李賢引尚書中候鄭玄注。月偃，即偃月，謂額骨相如半弦之月。戰國策中山策：「若其眉目，準頞權衡，犀角偃月，彼乃帝王之後，非諸侯之姬也。」又後漢書梁皇后紀：「此所謂日角偃月，相之極貴，臣所未嘗見也。」

〔一二〕龍樓虎踞，龍虎之姿，此乃帝王之相。潛確類書所引作「龍行虎步」。伯二五七二號相書寫卷云：「凡人行如龍行，三公；虎行，將帥。」（相行步第二六）宋書武帝紀：「劉裕龍行虎步，視瞻不凡。」又太平御覽卷七三引梁書曰：「有一老人謂帝（指梁武帝）曰：『君龍行虎步，相不可言，天下將亂，安之者其在君乎！』」

〔一三〕地静，耳。黄庭内景玉經注云：「空閑幽静，聽物則審，神之所居，故曰田地。」城纏，繪圖麻衣神相全編卷二：「耳上有骨，名曰玉樓骨，並主富貴。」

〔一四〕天闕，口。黄庭内景玉經曰：「口爲天闕精神機。」伯二五七二號相書寫卷云：「口容像手貴。」（相口部第一四）藝文類聚卷一七引相書雜要曰：「口大容手……貴且壽。」

〔一五〕金搥，不詳。玉枕，後腦突起之骨。月波洞中記卷上曰：「前爲額，後爲腦，前爲星堂，後爲玉枕，枕之骨凡一十八股，皆公侯富貴之相也。」搥，張本作「槌」。

〔一六〕伏犀，謂骨當頭上，入髮際，隱起於後腦，如伏藏犀角。人倫大統賦注引玉管照神局曰：「印堂有骨上至天庭，名天柱骨。從天庭貫頂名伏犀骨，皆至三公。」起蓋，「蓋」指華蓋，眉骨。太清神鑒曰：「眉爲華蓋。」又曰：「華蓋骨主清貴，伏犀主大貴。」

〔一七〕隱轔，不平貌。上林賦：「隱轔鬱壘。」

〔一八〕井，即鬼井，鼻中隔之際。一名山源。宅，面。黄庭内景玉經注云：「面爲靈宅，一名大宅，以眉目鼻口之所居，故爲宅也。」

〔一九〕食匱，盛糧之器，此謂頰。釋名釋形體：「頰，挾斂食物也。」

〔二〇〕深目，雙目深陷。左傳昭公四年寫豎牛之相爲「黑而上僂，深目而豭喙」。豎牛後爲孟仲之子所殺。長頸，史記越王句踐世家：「越王爲人，長頸鳥喙。」

〔二一〕頹顔蹙齃，謂顔色頹唐，額頭緊蹙。史記蔡澤傳：「先生曷鼻巨肩，魋顔蹙齃。」魋、頹同音假借。蔡澤初不遇，後相秦數月，人或惡之，懼誅，乃謝病歸相印。蹙，本作「慼」，據潛確類書卷八二及唐類函卷一五〇所引作「蹙」，因據改。

〔二二〕虵行，行時身扭曲，俗所謂水蛇腰，亦相之惡者。潛夫論相列：「人之相法，或在面部，或在手足，或在行步……行步欲安穩覆載。」鷙，猛禽。鷙立，如鷙兀立，亦凶相。

〔二三〕豭，公猪。豭喙，謂其口像猪。參見注〔二〇〕所引左傳文。咮，鳥嘴。相書以爲嘴如鳥咮者多舌。藝文類聚卷一七引相書：「欲知人多口舌，當視其口如鳥喙，言語皆聚此多舌人也。」

〔二四〕春荑，春日初生的白茅嫩芽，喻十指纖纖。詩衛風碩人：「手如柔荑。」玉管照神局卷上：「手白如玉，纖如筍，滑如油，……乃享樂之人。」又云：「指如春忽，食禄萬鍾。」

〔二五〕寒蓬，秋蓬，枯萎散亂，喻披頭散髮。詩衛風伯兮：「首如飛蓬。」玉管照神局卷上：「皮膚細膩，毛髮柔澤多智。」

〔二六〕窮乏，貧困。淮南子主術篇：「無三年之畜，謂之窮乏。」

〔二七〕姬公，指周公，姓姬名旦，周武王之弟，成王之叔。成王年少即位，周公恐諸侯叛，乃攝行政當國。周公行政七年，成王長，乃還政成王，北面就羣臣之位。事見史記周本紀。負圖，周公抱成王南面朝諸侯之圖。文選任昉齊竟陵文宣王行狀李善注引家語曰：「孔子觀於明堂，覩四門之墉，有周公相成王，抱之，負斧扆，南面以朝諸侯之圖焉。」

〔二八〕孔父，孔子。眇，遠也，遠視眇然，寂寞不知邊際也。見玄應一切經音義卷二十一「眇然」注。棲遑之迹，謂其周遊列國十三年而不見用於諸侯。事見史記孔子世家。陸機演連珠第二十八首孝標注有云：「仲尼德冠生人，不救棲遑之辱。」可與此句相參讀。

〔二九〕豐下，本作「豐本」，潛確類書卷八二及唐類函卷一五〇所引作「豐下」，因據改。左傳文公元年：「穀也豐下，必有後於魯國。」杜注：「豐下，蓋面方。」穀即文伯，公孫敖之長子。

〔三〇〕黄中，古相術以爲面呈黄色乃吉相。如伯三三九〇號孟受上祖莊上浮圖功德記敦煌寫卷載古相術有云：「黄色出天中如樓闕，不出三年大富貴。」「闕庭發黄色如懸鍾三公相。」此或爲「黄中明其可貴」之所本。

〔三一〕躍馬膳珍，謂蔡澤。史記蔡澤傳：澤，燕人也，貌奇醜。相者唐舉戲之，澤曰：「吾持粱齧肥，躍馬疾驅，懷黄金之印，結紫綬於要，揖讓人主之前，食肉富貴四十三年足矣！」

〔三二〕飛而食肉，謂班超。東觀漢記卷一六：超詣相者問其狀，相者曰：「生燕頷虎頭，飛而食肉，此萬里侯相也。」

〔三三〕皂隸晚侯，指翟方進。漢書翟方進傳：方進家世微賤，爲小史，號遲鈍，不及事，數爲掾史所詈，方進自傷，乃從汝南蔡父相問己能所宜，蔡父大奇其貌，謂曰：「小史有封侯骨，當以經術進，努力爲諸生學問。」後方進果爲相，封高陵侯。

〔三四〕初形未正，謂黥布。論衡骨相篇：「相工相黥布，當先刑而乃王，後竟被刑乃封王。」「或」字據意補。

〔三五〕銅巖，銅山。銅巖無以飽生，指鄧通。漢書鄧通傳：鄧通，蜀郡南安人，官至上大夫。文帝使善相人相通，曰：「當貧餓死。」文帝遂賜通蜀嚴道銅山，得自鑄錢，鄧氏錢布天下。景帝立，鄧通免，家居。人有告通盜出徼外鑄錢，下吏驗問，家財盡入於官，通家尚負債數鉅萬，竟不得名一錢，寄死人家。

〔三六〕玉饌終乎餓死，指周亞夫。漢書周亞夫傳：亞夫，絳侯周勃子。亞夫爲河內守時，許負相之曰：「君後三歲而侯。侯八歲，爲將相，持國秉，貴重矣，於人臣無二。後九年而餓死。」後九年，亞夫下廷尉，果不食五日，嘔血而死。

自序〔一〕

峻字孝標，平原人也〔二〕。生於秣陵縣〔三〕，朞月歸故鄉〔四〕。八歲，遇桑梓顛覆〔五〕，身充僕圉〔六〕。

爨中濟濟皆升堂，亦有愚者解衣裳〔七〕。

余自比馮敬通〔八〕，而有同之者三，異之者四。何則？敬通雄才冠世，志剛金石；余雖不及之，而節亮慷慨，此一同也。敬通值中興明君，而終不試用〔九〕；余逢命世英主，亦擯斥當年〔一〇〕，此二同也。敬通有忌妻，至於身操井臼〔一一〕；余有悍室，亦令家道轗軻〔一二〕，此三同也。敬通當更始之世〔一三〕，手握兵符〔一四〕，躍馬食肉〔一五〕；余自少迄長，戚戚無歡〔一六〕，此一異也。敬通有一子仲文〔一七〕，官成名立；余禍同伯道，永無血胤〔一八〕，此二異也。敬通膂力方剛〔一九〕，老而益壯；余有犬馬之疾，溘死無時〔二〇〕，此三異也。敬通雖芝殘蕙焚〔二一〕，終填溝壑，而爲名賢所慕，其風流郁烈芬芳〔二二〕，久而彌盛；余聲塵寂漠，世不吾知，魂魄一去〔二三〕，將同秋草，此四異也。所以自力爲敍〔二四〕，遺之好事云。

【校注】

〔一〕此非自序全文，原文已佚。「峻字孝標」至「身充僕圉」，録自尤刻文選重答劉秣陵沼書李善注。「爨中」二句，録自中華書局排印本南史卷四九劉峻傳。「余自比」以下，録自中華書局排印本梁書卷五〇劉峻傳，並以南史比勘。錢鍾書管錐編論全梁文云：「劉峻自序：『余自比馮敬通』云云。按梁書文學傳『又嘗爲自序，其略云：余自比』云云，明言所録非全文。南史本傳亦録自序，全同梁書，而傳首言其『少年魯鈍』，曰：『故其自序云：爨中濟濟皆升堂，亦有愚者解衣裳。』嚴氏已輯；愈見全文必詳於今存者多許。」又云：「劉知幾史通内篇自敍上溯承學之年，下止著書之歲，終之曰：『昔梁徵士劉孝標作敍傳，其自比於馮敬通者有三，而予竊不自揆，亦竊比於揚子雲者有四。』益見梁書所録，亦即峻自序之末節，概觀平生，發爲深喟，略如史傳末之有論、贊或碑志末之有銘詞；至若峻自序載事述處，當已酌採入本傳中而不一一標識來歷矣。史通内篇覈才又云：『孝標持論析理，誠爲絶倫，而自序一篇，爲過煩碎。』倘峻原作僅如梁書所録，寥寥才二百許字，牢騷多而事迹少，豈得目以『煩碎』？且既病其『煩碎』矣，又何以尤而效之乎？汪中述學補遺有自序一首，師梁書録峻此篇一節，文筆之妙，青勝於藍，而誤一斑全豹，亦緣未究司馬相如、馬融，下至劉氏同時江淹自序格制也。」

〔二〕平原，平原郡有二：一爲宋僑置，故治在今山東淄博市附近。又一爲梁置，並置平原縣。故治在今廣東雙橋附近。孝標生於宋，青州陷魏，即陷身爲奴，則孝標故里，當爲前者。

〔三〕秣陵縣，秦置，更名凡六。秦改金陵爲秣陵。晉以建業爲秣陵，即今之江寧縣。

〔四〕朞月，一年。論語子路：「苟有用我者，期月而已可也。」劉寶楠正義：「積月成年，故周年謂之期年，又謂之期月。」案朞與期同。

〔五〕桑梓，指故鄉。文選張衡南都賦：「永世克孝，懷桑梓焉；真人南巡，覩舊里焉。」胡三省資治通鑒注云：「桑梓，謂其故鄉祖父之所樹者。」顛覆，指魏剋青州。

〔六〕圉，馬夫。僕圉，奴僕。南史劉峻傳：「宋泰始初，魏剋青州，峻時年八歲，爲人所略爲奴至中山。」

〔七〕黌中二句：黌（hóng，音洪），學校。濟濟，衆盛之貌。尚書大禹謨：「濟濟有衆。」升堂，謂學有成就而未至極頂。論語先進：「由也升堂矣，未入於室也。」解衣裳，指身充僕圉。古者衣裳爲士子之服。

〔八〕馮敬通，馮衍，見辯命論注〔六〇〕。

〔九〕敬通二句：中興明君，指光武帝劉秀。後漢書馮衍傳：「後衛尉陰興、新陽侯陰就以外戚貴顯，深敬重衍，衍遂與之交結，由是爲諸王所聘請，尋爲司隸從事。帝懲西京外戚賓客，故皆以法繩之，大者抵死徙，其餘至貶黜。衍由此得罪，嘗自詣獄，有詔赦不問。西歸故郡，閉門自保，不敢復與親故通。」又云：「顯宗即位，又多短衍以文過其實，遂廢於家。」值，南史作「逢」。

〔一〇〕余逢二句：命世英主，指梁武帝。南史劉峻傳：「初，梁武帝招文學之士，有高才者多被引進，擢以不次。峻率性而動，不能隨衆沉浮。武帝每集文士策經史事，時范雲、沈約之徒皆引短推長，帝乃悦，加其賞賚。會策錦被事，咸言已罄，帝試呼問峻，峻時貧悴冗散，忽請紙筆，疏十餘事，坐客皆驚，帝不覺失色，自是惡之，不復引見。」

〔一一〕身操井臼，後漢書馮衍傳：「衍娶北地任氏女爲妻，悍忌，不得畜媵妾，兒女常自操井臼，老竟逐之，遂埳壈於時。」臼，舂米器。説文臼部：「臼，舂臼也。古者掘地爲臼，其後穿木、石。」井臼，汲水舂米。

〔一二〕轗軻，車行不利，喻人不得志。楚辭七諫怨世：「年既已過太半兮，然埳軻而留滯。」案轗軻即埳軻。

〔一三〕更始，西漢末淮陽王劉玄年號（二三—二四）。此處既指當年年號，又指光武帝復興漢朝。南史無「之」字。

〔一四〕手握兵符，指衍曾爲立漢將軍事。後漢書馮衍傳：更始二年，大將軍鮑永素重衍，乃以衍爲立漢將軍，領狼孟長。

〔一五〕躍馬食肉，謂享榮華富貴。見相經序注〔三二〕，食肉，南史作「肉食」。

〔一六〕戚戚，憂懼。論語述而：「君子坦蕩蕩，小人長戚戚。」

〔一七〕仲文，後漢書馮衍傳：衍子豹，字仲文，舉孝廉，拜尚書郎，後拜河西副校尉，遷武威太守，視事二年，河西稱之，復徵入尚書。南史無「一」字。

〔一八〕余禍二句：伯道，晉人鄧攸字，世説新語德行篇載，攸避難，棄己子以全弟子，終至無兒。又賞譽篇云：「謝太傅重鄧僕射，常言：『天地無知，使伯道無兒。』」後遂以「伯道」喻無嗣。胤，子孫相承續。血胤，嫡子孫。

〔一九〕膂，脊骨。膂力，體力。後漢書董卓傳：「卓膂力過人。」方剛，南史作「剛强」。

〔二〇〕余有二句：犬馬之疾，喻賤者之病。孔叢子論勢：「臣有犬馬之疾，不任國事。」溘死，忽然而死。離騷：「寧溘死以流亡兮，余不忍爲此態也。」王逸注：「溘，猶奄也。」

〔二一〕芝殘蕙焚，喻身亡。

〔二二〕郁烈，香氣濃烈。上林賦：「芬芳漚鬱，酷烈淑郁。」

〔二三〕魂魄一去，指死。左傳昭公二十五年：「心之精爽，是謂魂魄，魂魄去之，何以能久？」

〔二四〕自力，南史作「力自」。

志

山栖志〔一〕

夫鳥居山上，層巢木末〔二〕；魚潛淵下，窟穴泥沙〔三〕：豈好異哉？蓋性其然也〔四〕。故有忽白璧而樂垂綸〔五〕，負玉鼎而要卿相〔六〕。行藏紛糺〔七〕，顯晦蹐駁〔八〕。無異火炎水流，圓動方息〔九〕。斯則廟堂之與江海〔一〇〕，蓬户之與金閨〔一一〕。並然其所然，悦其所悦，焉足毛羽瘡痏在其間哉〔一二〕！

【校注】

〔一〕本文録自日本大正新修大藏經本廣弘明集卷二四，以影宋紹興本藝文類聚（簡稱類聚）、四部叢刊影明汪道昆刻三十卷本廣弘明集（簡稱汪本）、四部備要翻常州天寧寺四十卷本廣弘明集（簡稱常州本）比勘。大正藏本廣弘明集原有校勘記，其異文足資參考者，酌情採入（簡稱校記）。梁書劉峻傳：「安成王秀好峻學，及遷荆州，引（峻）爲户曹參軍，給其書籍，使抄録事類，名曰類苑。未及成，復以疾去，因游東陽紫巖山，築室居焉，爲山栖志，其文甚美。」案南史安成康王秀傳及資治通鑑梁紀，皆謂安成王秀爲荆州刺史在天監七年。孝標爲荆州户曹參軍，當始於天監七年。編撰類苑，亦當始於是年。翌年，類苑成（孝標友人劉之遴借類苑書有「安能閉志經年，勒成若此」之語），則山栖志之作，當在天監八至九年之間。太平寰宇記卷九七婺州金華縣：「長山，在縣南二十里，一名金華山，即黄初平、初起遇道士教以仙方處。」題原作「東陽金華山栖志」，校記云：「宫本（即舊宋本）無此（指「東陽金華」）四字。」今從原校所見之宫本、類聚及梁書劉峻傳。

〔二〕層巢，作巢於高處。説苑敬慎：「夫飛鳥以山爲卑，而層巢其巔；魚鼈以淵爲淺，而穿穴其中。」木末，樹梢。楚辭九歌湘君：「采薜荔兮水中，搴芙蓉兮木末」層，類聚作「曾」。案層曾古通。

〔三〕魚潛二句：淵，類聚作「川」。泥沙，類聚作「沙泥」。

〔四〕性其然，汪本「其」作「自」。類聚無「其」，作「性然」。

〔五〕忽白璧樂垂綸，指隱者漁父。事見南史隱逸傳。參見與宋玉山元思書注〔三二〕。

〔六〕負玉鼎要卿相，指伊尹。史記殷本紀：「伊尹名阿衡，阿衡欲奸湯而無由，乃爲有莘氏媵臣，負鼎俎，以滋味説湯，致于王道。」。玉，類聚作「王」。

〔七〕行藏，行道及隱退。論語述而：「用之則行，舍之則藏。」劉寶楠正義云：「是行藏皆指道言。孟子謂士窮不失義，達不離道。」又云：「古之人，得志，澤加於民；不得志，修身見於世。窮則獨善其身，達則兼善天下，即此義。」紛糺，雜亂貌。

〔八〕顯晦，顯揚及隱藏。踳（chuǎn，音舛）駁，不調一。文心雕龍諸子：「其純粹者入矩，踳駁者出規。」

〔九〕圓、方，指天地。古人以爲天圓地方，天動地静。

〔一〇〕廟堂，指朝廷。莊子在宥：「萬乘之君，憂慄乎廟堂之上。」江海，指在野。莊子讓王：「身在江海之上，心居乎魏闕之下。」

〔一一〕蓬户，草屋，貧者所居。史記游俠列傳：「季次、原憲終身空室蓬户，褐衣疏食不厭。」金閨，金馬門之別名，漢宮中宦者署。文選江淹別賦：「金閨之諸彦，蘭臺之羣英。」

〔一二〕毛羽瘡痏，謂好惡褒貶。文選張衡西京賦：「所好生毛羽，所惡成創痏。」焉，汪本、常州本作「烏」。校記云：宮本、宋元明本作「烏」。羽，本作「衣」，此從汪本、常州本。

予生自原野，善畏難狎〔一三〕。心駭雲臺朱屋〔一四〕，望絶高蓋青組〔一五〕。且霑濡霧露〔一六〕，彌願閑逸〔一七〕。每思濯清瀨，息椒丘〔一八〕，寤寐永懷〔一九〕，其來尚矣〔二〇〕。蚓專噬壤〔二一〕，民欲天從〔二二〕。爰洎二毛〔二三〕，得居巖穴。所居東陽郡金華山。東陽實會稽西部〔二四〕，是生竹箭〔二五〕。山川秀麗，臯澤坱鬱〔二六〕。若其羣峰疊起，則接漢連霞；喬林布濩〔二七〕，則春青冬緑；迴溪泱流〔二八〕，則十仞洞底〔二九〕；膚寸雲合〔三〇〕，必千里雨散。信卓犖爽塏〔三一〕，神居奥宅〔三二〕。是以帝鴻遊斯鑄鼎〔三三〕，雨師寄此乘煙〔三四〕。故澗勒赤松之名〔三五〕，山貽縉雲之號〔三六〕。近代江治中奮迅泥滓〔三七〕，王徵士高拔風塵〔三八〕。龍盤鳳栖，咸萃兹地〔三九〕。良有碧湍素石〔四〇〕，可致幽人者哉〔四一〕！

〔一三〕善畏，膽小。荀子解蔽：「夏首之南有人焉，曰涓蜀梁，其爲人也，愚而善畏。」難狎，不比黨。荀子不苟：「君子易知而難狎。」

〔一四〕雲臺，漢宮名，此泛指宮殿。後漢書陰興傳：「後以興領侍中，受顧命於雲臺廣室。」李賢注：「洛陽、南宮有雲臺廣德殿。」朱屋，貴者所居之華屋。

〔一五〕高蓋，指高蓋車，顯者所乘。漢書于定國傳：「少高大閭門，令容駟馬高蓋車。」青組，青色絲帶，官員用以佩印或玉。

〔一六〕霑濡霧露，謂遭逢禍患。後漢書皇后紀論：「身犯霧露於雲臺之上。」案：梁書劉峻傳：「高祖（指梁武帝）招文學之士，有高才者多被引進，擢以不次。峻率性而動，不能隨衆沉浮，高祖頗嫌之，故不任用。……峻兄孝慶，時爲青州刺史，峻請假省之，坐私載禁物，爲有司所奏，免官。」蓋指此也。

〔一七〕彌，更加。

〔一八〕每思二句：濯，洗滌。瀨，湍流。楚辭九歌湘君：「石瀨兮淺淺。」椒丘，丘上有蘭椒。息椒丘，喻不忘芳香以自潔。離騷：「馳椒丘且焉止息。」

〔一九〕寤，覺。寐，寢。詩周南關雎：「寤寐思服。」永懷，長久思念。詩周南卷耳：「維以不永懷。」

〔二〇〕尚矣，猶久矣。史記三代世表：「五帝三代之記尚矣。」

〔二一〕蚓專噬壤，喻其歸隱情切。荀子勸學：「螾無爪牙之利，筋骨之强，上食埃土，下飲黄泉，用心一也。」楊倞注：「螾與蚓同，蚯蚓也。」

〔二二〕民欲，人願。左傳宣公十二年：「所違民欲猶多。」民欲天從，猶天隨人願。

〔二三〕爰，發語辭。洎(jì，音既)，至也。鍾嶸詩品：「爰洎江表。」二毛，謂白髮生，有二色。借指年老。左傳僖公二十二年：「君子不重傷，不禽二毛。」

〔二四〕會稽，會稽郡，秦置，故治在今浙江紹興縣。會稽山，本名茁山，在紹興縣東南十三里。史記夏本紀：「或言禹會諸侯江南，計功而崩，因葬焉，命曰會稽。會稽者，會計也。」

〔二五〕竹箭，篠也，一名竹幹。爾雅釋地：「東南之美者，有會稽之竹箭焉。」郝懿行疏引戴凱之竹譜云：「箭竹高者不過一丈，節間三尺，堅勁中矢，江南諸山皆有之，會稽所生最精好。」

〔二六〕臯，皋之或體。皋，水邊地。文選左思吳都賦：「布濩皋澤，蟬聯陵丘。」坱（yǎng，音養）鬱，茫無邊際。

〔二七〕喬，高也。詩周南漢廣：「南有喬木。」布濩，遍滿貌。

〔二八〕泱，水深廣貌。泱，類聚、汪本、常州本並作「映」。

〔二九〕仞，古代量度名。孔子家語致思：「有懸水三十仞。」王肅注：「八尺曰仞。」洞底，謂清澈見底。十，類聚作「千」。

〔三〇〕膚寸，古長度單位，以四指寬爲膚，一指寬爲寸，言所距甚近。公羊傳僖公三十一年：「觸石而出，膚寸而合。」

〔三一〕信，實在，的確。卓犖，出衆。文選班固典引：「卓犖乎方州。」爽塏，高而乾燥之地。左傳昭公三年：「子之宅近市，湫隘囂塵，不可以居，請更諸爽塏者。」

〔三二〕神居奥宅，神仙之居所。奥通隩，可以定居的地方。尚書禹貢：「四隩既宅。」

〔三三〕帝鴻，左傳文公十八年杜預注以爲即黄帝。史記封禪書：「黄帝作寶鼎三，象天地人。」

〔三四〕雨師，指赤松子。赤松子，古仙人，傳説爲神農時雨師。寄，依附。乘煙，謂昇天。

〔三五〕勒，刻。太平寰宇記卷九七金華縣：「赤松子遊金華山，以火自燒而化，故山上有赤松之祠，澗自山而出，故曰赤松澗。」

〔三六〕縉雲，傳説黄帝「以雲紀」（左傳昭公十八年），杜預注云：「縉雲氏蓋其一官也。」金華山有縉雲嶺，見金華縣志山川考。

〔三七〕江治中，江逌（yóu，音由）。治中，官名，助理州刺史掌管文書案卷。晉書江逌傳云：逌字道載，陳留圉人。少孤。避蘇峻之亂，屏居臨海，絶棄人事，翦茅結宇，耽翫載籍，有終焉之志。後州檄爲治中。案臨海在金華山附近，故云。泥滓，與下句之「風塵」互文義同，指下層社會。文選潘岳西征賦：「或被髮左衽，奮迅泥滓。」

〔三八〕王徵士，王素。徵士，學行並美而不就徵召之士。宋書隱逸王素傳云：素字休業，琅邪臨沂人。少有志行，家貧母老，初爲廬陵國侍郎，以母憂去職，後乃輕身往東陽，隱居不仕，頗營田園之資，得以自立。愛好文義，不以人俗累懷。

〔三九〕萃，聚集。楚辭天問：「蒼鳥羣飛，孰使萃之？」

〔四〇〕良，實在。漢書吴王濞傳：「誅罰良重。」師古注：「良，實也，信也。」

〔四一〕幽人，避世幽居之人。易履：「幽人貞吉，中不自亂也。」

金華山，古馬鞍山也。蘊靈藏聖，列名仙諜〔四二〕。左元放稱此山云：「可免洪水五兵，可合神丹九轉〔四三〕。」金華之首，有紫巖山〔四四〕，山色紅紫，因以爲稱。靡迤坡陀〔四五〕，下屬深渚。巑岏隱嶙〔四六〕，上虧日月〔四七〕。登自山麓，漸高漸峻。巃路迫隘〔四八〕，魚貫而昇〔四九〕。路側有絶澗，閘閜痔豁〔五〇〕。俯窺木杪〔五一〕，焦原石邑〔五二〕，匪獨危懸。至山將半，便有廣澤大川〔五三〕，皐陸隱賑〔五四〕，予之葺宇實在斯焉〔五五〕。所居三面迴山，周遶有象郛郭〔五六〕。前則平野蕭條，目極通望〔五七〕，東西帶二澗，四時飛流泉。清瀾微霔，滴瀝生響〔五八〕，白波跳沫〔五九〕，洶涌成音。漕瀆引流〔六〇〕，交渠綺錯〔六一〕。懸溜瀉於軒甍〔六二〕，激湍迴於階砌，供帳無綆汲〔六三〕，盥漱息瓶匜〔六四〕。楓櫨椅櫪之樹〔六五〕，梓柏桂樟之木，分形異色〔六六〕，千族萬種。結朱實，包緑菓〔六七〕，抓白蔕〔六八〕，抽紫莖。橚矗芊蓴〔六九〕，捎風鳴籟〔七〇〕。垂條檷户〔七一〕，布葉房櫳〔七二〕。中谷澗濱，花蘂攢列〔七三〕。至於青春受謝〔七四〕，萍生泉動，則有都梁含馥〔七五〕，擾香送芬〔七六〕；長樂負霜〔七七〕，宜男贊露〔七八〕。芙渠紅華照水〔七九〕，皐蘇縹葉從風〔八〇〕。憑軒永眺，蠲憂忘疾〔八一〕。丘阿陵曲〔八二〕，衆藥灌叢〔八三〕。地髓抗莖〔八四〕，山筋抽節〔八五〕。金鹽重於素璧〔八六〕，玉豉貴於明珠〔八七〕。可以養性銷痾〔八八〕，還年駐色〔八九〕。不藉崔文黄散〔九〇〕，勿用負局紫丸〔九一〕。翾翾翔鳥〔九二〕，風胎雨彀〔九三〕。緑翼紅毛，素羽翠鬣〔九四〕。肅肅切羽〔九五〕，關關好音，馴狎園池〔九六〕，旅食雞鶩〔九七〕。若迺鴶日伺辰〔九八〕，響類鍾鼓。鳴蚿候曙〔九九〕，聲象琴瑟。

玄猨薄霧清囀〔一〇〇〕，飛⿰犭吾乘煙永吟〔一〇一〕。嘈囋嘹亮〔一〇二〕，悦心娱耳，諒所以跨躡管籥〔一〇三〕，韜軼笙簧〔一〇四〕。

〔四二〕列名仙諜，謂著録於仙家之譜諜。

〔四三〕左元三句：左元放，左慈，字元放，漢末人。神仙傳云：「元放，廬江人，明五經，兼通星氣，尤明六甲，能役使鬼神，坐致行廚。後遂乃仙去。」太平御覽地部「長山」條引抱朴子曰：「左元放言金華山可以合神丹，免五兵洪水之患。」五兵，五種兵器。漢書吾丘壽王傳：「古者作五兵，非以相害，以禁暴討邪也。」師古注：「五兵，謂矛、戟、弓、劍、戈。」此處五兵借指戰爭。

〔四四〕紫巖山，在金華縣東二十五里，山上有巖色紫，形如覆釜，穹窿深廣，可容百餘人。見讀史方輿紀要卷九三。

〔四五〕靡迤，聯綿貌。文選張衡西京賦：「澶漫靡迤。」坡陀，險阻貌。文選司馬相如子虚賦：「罷池陂陀，下屬江河。」

〔四六〕巑岏（cuán wán，音攢完），峻峭的山峰。楚辭九歎憂苦：「登巑岏以長企兮。」隱嶙，山高貌。文選潘岳西征賦：「裁岥岮以隱嶙。」

〔四七〕虧，遮蔽。子虚賦：「日月蔽虧。」

〔四八〕迫隘，謂路狹窄。文選潘岳西征賦：「倦狹路之迫隘。」壟路迫隘，本作「路迴隘險」。今從汪本、常州本及原校所據之宫本、宋元明本。

〔四九〕魚貫而昇，謂路窄，登山之人如水中首尾相接之游魚，牽連而上。

〔五〇〕閘閜（xiǎ，音夏），開合貌。庨豁，高峻深邃貌。文選張衡西京賦：「睽罛庨豁。」閘，本作「閤」，今從汪本、常州本及原校所據之宋元明本。庨，本作「哮」，今從汪本及常州本。

〔五一〕木杪，樹梢。謝靈運山居賦：「攀木杪而哀鳴。」

〔五二〕焦原，山名，在山東莒縣南。尸子云：「莒國有石焦原者，廣尋，長五十步，臨百仞之谿，莒國莫敢近也。」石邑，即井陘。元和郡縣圖志河北道：「陘山，在縣東南八十里。四面高，中央下，如井，故曰井陘。」其險要若此。

〔五三〕廣澤，指徐公湖。太平寰宇記卷九七：「徐公湖，郡國志云：『在長山上。周迴四百八十六步。昔山下居人徐公登山至湖，逢二人共博，自稱赤松子、安期先生。酌湖中水爲酒，飲徐公醉。及醒，不見二人，而宿莽攢聚其上。徐公方追悔，因名山焉。』今有徐公宅基在此。山中有靈巖寺，即梁文士劉峻字孝標棄官居此湖東山之上。」

〔五四〕皐陸，指徐公湖周圍之地。隱賑，繁盛富裕。文選左思蜀都賦：「爾乃邑居隱賑。」賑，本作「脤」，今從汪本、常州本及原校所據之宋元明本。

〔五五〕葺宇，草屋。

〔五六〕郛郭，外城。韓非子難三：「趙簡子圍衛之郛郭。」所居二句，類聚作「所居三面山皆周遶，有象郛郭」。

〔五七〕前則二句：蕭條，荒涼貌。文選班固西都賦：「原野蕭條，目極四裔。」前，類聚作「南」。目極，類聚作「極目」。

〔五八〕清瀾二句：清瀾，指飛泉落水面所激起的漣漪。微霔，小雨。形容飛泉迸散之狀。滴瀝，摹飛泉之聲。文選王延壽魯靈光殿賦：「動滴瀝以成響。」清瀾微霔，類聚作「瀾清微澍」。

〔五九〕跳沫，猶言飛沫。子虛賦：「馳波跳沫。」

〔六〇〕漕、瀆，皆溝渠。漕瀆引流，汪本、常州本作「並漕瀆通引」。

〔六一〕綺錯，交叉，交錯。文選何晏景福殿賦：「綺錯鱗比。」

〔六二〕懸溜，下垂的小股水流。陶潛祭從弟敬遠文：「淙淙懸溜，曖曖荒林。」軒甍，高屋脊。

〔六三〕供帳，陳設帷帳，這裏借指起居、居住之意。綆，繩。汲，井中取水。莊子至樂：「綆短者不可以汲深。」無綆汲，謂無綆汲之勞，不需使用井。

〔六四〕盥，洗手。漱，漱口。息，言不用也。瓶，盛水器。匜（yí，音怡），沃盥器。左傳僖公二十三年：「奉匜沃盥。」匜，汪本、常州本作「盆」。

〔六五〕楓，楓樹。爾雅釋木郭注：「樹似白楊，葉員而岐，有脂而香。」櫨，黄櫨，落葉灌木。椅，一名山桐子，落葉喬木，其材可製器具。櫪，柞樹。櫨，本作「樝」，類聚作「楮」，今從汪本、常州本及原校所見之宫本、宋元明本。

〔六六〕分形，形狀各别。西京賦：「易貌分形。」

〔六七〕包，類聚作「苞」。菓，汪本、常州本作「裹」。

〔六八〕扤（wù，音晤），動。蔕，瓜之繫蔓處。吴都賦：「扤白蔕，銜朱蕤。」扤，本作「杌」，類聚作「摇」，今正作「扤」。

〔六九〕橚矗，茂盛貌。吴都賦：「橚矗森萃。」苯蓴，草叢生貌。西京賦：「苯蓴蓬茸。」矗，本作「棶」，今從類聚、汪本、常州本及原校所見之宫本、宋元明本。

〔七〇〕捎，拂掠而過。籟，簫，古簫爲排簫，即莊子所稱比竹。莊子齊物論：「夫大塊噫氣，其名爲風。是唯無作，作則萬竅怒呺。」「地籟則衆竅是已，人籟則比竹是已。」汪本、常州本「捎」下有「清」。

〔七一〕條，樹枝。上林賦：「垂條扶疏。」櫩（yán，音檐），屋檐前。條，類聚作「柯」。櫩，類聚作「簷」。

〔七二〕布，陳。文選張衡南都賦：「布緑葉之萋萋。」

〔七三〕攢，聚貌。蘂，類聚作「葩」。

〔七四〕青春，即春天，古五行説以東方爲春位，其色青。謝，逝去，指冬天已逝去。受謝，謂春天受而代之。案：此乃用楚辭大招原句。

〔七五〕都梁，澤蘭。本草草部：「陶弘景曰，生於澤旁，故名澤蘭。亦名都梁香。」馥，香。類聚「則」下無「有」。

〔七六〕㨮香，即蘹香。本草草部：「蘹香，北人呼爲茴香，聲相近也。陶弘景曰，煮臭肉下少許，即無臭氣。臭醬入末亦香，故曰回香。」

〔七七〕長樂，花名。傅玄紫花賦序（載類聚卷八一）：「紫華，一名長樂華，舊生於蜀。」

〔七八〕宜男，萱草。本平御覽卷九九七引風土記曰：「宜男，草也。宜懷娠，婦人佩之必生男。又名萱草。」䙡（xuān，音眩），分別也。䙡，類聚、汪本、常州本作「泫」。校云：宫本、宋元明本作「泫」。

〔七九〕芙渠，荷花。文選曹植洛神賦：「灼若芙渠出緑波。」

〔八〇〕臯蘇，白喾。山海經南山經：侖者之山「有木焉，其狀如穀而赤理，其汗如漆，其味如飴，食者不饑，可以釋勞，其名曰白喾。」郭璞注：「或作睾蘇。睾蘇一名白喾，見廣雅。」縹，淡青色。

〔八一〕蠲（juān，音涓），消除。文選嵇康養生論：「合歡蠲忿。」

〔八二〕丘阿，山之轉彎處。詩小雅緜蠻：「緜蠻黄鳥，止於丘阿。」

〔八三〕灌，聚。灌叢，草木叢生。文選左思蜀都賦：「百藥灌叢，寒卉冬馥。」

〔八四〕地髓，廣雅釋草云即地黄。抗，舉。吴都賦：「瓊枝抗莖而敷蘂。」

〔八五〕山筋，即當歸。抽節，植物莖幹節間拔長。吴都賦：「苞筍抽節。」

〔八六〕金鹽，即五加。見金樓子志怪。素璧，白璧。江淹傷友賦：「懷愛重於素璧。」

〔八七〕玉豉，即地榆。齊民要術五穀果蓏茹非中國物産者：「神仙服食經云，地榆，一名玉札，北方難得，故尹公度曰：『寧得一斤地榆，不用明月珠。』其實黑如豉，北方人呼豉爲札，當言玉豉。與五茄煮服之，可神仙。」玉，本作「五」，從汪本、常州本、原校所見宫本改。

〔八八〕痾，病貌。

〔八九〕還年駐色，言可永葆青春。弘明集顔延之庭誥文：「所以還年却老，延華駐彩。」

〔九〇〕崔文，崔文子。列仙傳崔文子傳：「崔文子者，太山人也。文子世好黄老事，居潛山下。後作黄散赤丸，成石父祠。賣藥都市，自言三百歲。後有疫氣，民死者萬計。長吏之文所請救，文擁朱幡繫黄散以徇人門，飲散者即愈，所活者萬計。後去在蜀賣黄散，故世寶崔文赤丸黄散，實近於神焉。」

〔九一〕負局，亦傳説中之神仙。列仙傳負局傳：「負局先生者，不知何許人也，語似燕代間人，常負石（案「石」字據太平御覽卷七二四引文補）磨鏡局，徇吴市中，衒磨鏡。一錢因磨之，輒問主人：『得無有疾苦者？』輒出紫丸藥以與之，得者莫不愈，如此數十年。後大疫病，家至户到與藥，活者萬計，不取一錢。」

〔九二〕翾（xuān，音宣）翾，小飛貌。韓詩外傳卷九：「夫鳳凰之初起也翾翾。」汪本、常州本作「翱翱羣鳳」。

〔九三〕鷇（kòu，音扣），幼鳥初生須母哺而食者。國語魯語上：「鳥翼鷇卵。」注：「生哺曰鷇，未乳曰卵。」

〔九四〕鬣，鳥頭上的羽毛。文選枚乘七發：「鵷鶵鵁鶄，翠鬣紫纓。」羽，汪本、常州本作「纓」。

〔九五〕肅肅，羽聲。詩唐風鴇羽：「肅肅鴇羽。」切，汪本、常州本作「毛」。校記云：宫本作「鴇」。

〔九六〕馴狎，馴養鳥獸使之熟習安處。汪本、常州本「馴」上有「皆」。

〔九七〕旅食，共食。旅，共同。禮記樂記：「旅進旅退。」鄭玄注：「旅，猶俱也。」鶩，家鴨。

〔九八〕䲹日，即鴆鳥，廣韻沁韻：「鴆，鳥名。廣志云：『其鳥大如鴞，紫緑色，有毒。……雄名運日。』」運日即䲹日。

〔九九〕蚿，馬蚿，善鳴。清錢繹方言箋疏卷十一馬蚿條云：「李當之本草云：『此蟲長五六寸，狀如大蛩，夏日登樹鳴，冬則蟄，今人呼爲飛蚿蟲。』故宋書王素傳云：『山中有蚿蟲聲清長，聽之使人不厭。』是又能飛能行且能鳴。」蓋蟬之類。

〔一〇〇〕猨，今書作猿。清囀，聲音洪亮。

〔一〇一〕㹳，如猿，善啼。永吟，啼聲悠長。永，汪本、常州本、原校所見宋元明本作「咏」。

〔一〇二〕嘈囋，嘈雜。

〔一〇三〕諒，信。跨躡，超過。管、籥，皆樂器。管長尺圍寸，有六孔，無底。籥，據郭沫若考證爲編管樂器，即排簫。見甲骨文字研究釋龢言。

〔一〇四〕韜軼，猶掩没。笙、簧，亦樂器。笙，以瓠爲之，十三管，宫管在左方。簧，金屬或竹製成薄片，用以振動發聲，笙中即有簧片。詩小雅鹿鳴：「吹笙鼓簧。」

宅東起招提寺〔一〇五〕，背巖面壑〔一〇六〕，層軒引景〔一〇七〕，邃宇臨空〔一〇八〕。博敞閑虚〔一〇九〕，納祥生白〔一一〇〕。左睠右睇〔一一一〕，仁智所居。故碩德名僧〔一一二〕，振錫雲萃〔一一三〕，調心七覺〔一一四〕，詆訶五塵〔一一五〕。郁烈戒香〔一一六〕，浴滋定水〔一一七〕。至於熏鑪夜爇，法鼓旦聞〔一一八〕，予跕屣摳衣〔一一九〕，躬行頂禮〔一二〇〕。詢道哲人〔一二一〕，欽和至教〔一二二〕。每聞此河紛梗〔一二三〕，彼岸永寂〔一二四〕。熙熙然若登春臺而出宇宙〔一二五〕，唯善是樂〔一二六〕，豈伊徒言〔一二七〕。

〔一〇五〕招提，寺院名。玄應一切經音義卷一六：「招提，譯云四方也。招此云四，提此云方，謂四方僧也。」又翻譯名義集卷七：「後魏太武始光二年，造伽藍，創立招提之名。」

〔一〇六〕面，面向。文選繁欽與魏文帝牋：「背山臨谿。」

〔一〇七〕層，重疊。軒，樓版。層軒，指高樓。景，日光。

〔一〇八〕邃宇，深屋。楚辭招魂：「高堂邃宇，檻層軒些。」空，汪本、常州本作「崖」。

〔一〇九〕博敞，寬大。閑虚，空曠。敞，本作「潎」，今從汪本、常州本。

〔一一〇〕納祥生白，謂得吉祥、獲純真。莊子人間世：「虚室生白，吉祥止止。」釋文引司馬曰：「室比喻心，心能空虚，則純白獨生也。」案：此處「室」實指，非喻心也。文雖出彼，意實微殊。

〔一一一〕睠，回顧。汪本、常州本作「瞻」。

〔一一二〕碩德，德高。晉書索襲傳：「索先生碩德名儒，真可以諮大義。」

〔一一三〕錫，僧人所持之錫杖。振錫，謂僧人出行。高僧傳弗若多羅：「振錫入關。」萃，聚。雲萃，雲集。

〔二四〕調心，猶順心。文選宋玉神女賦：「順序卑，調心腸。」七覺，七覺支，佛家語。翻譯名義集卷五：「維摩經云：『無漏法林樹，覺意浄妙華。』天台釋云：覺意即七覺支（一擇法、二精進、三喜、四除、五捨、六定、七念）。七覺調停，生真智因華。」

〔二五〕詆訶，指責。文選曹植與楊德祖書：「劉季緒……好詆訶文章。」五塵，謂色、聲、香、味、觸五欲。大乘止觀法門卷三：「問曰：妄執五塵爲實者，爲是五意識，爲是六意識？」

〔二六〕郁烈，濃烈。戒香，佛家語，戒德熏於四方，譬之以香。烈，汪本、常州本、原校所見之宋元明本及宫本作「列」。

〔二七〕定水，佛家語，謂定心湛然如止水。梁元帝法寶聯璧序：「熏戒香，沐定水。」

〔二八〕至於二句：謂通宵做佛事。熏鑪，香爐。爇，燒。江總太莊巖寺碑：「薰爐夜爇，遥來海岸之香。」法鼓，做佛事用的鼓。

〔二九〕跕屣，拖着鞋走路。漢書地理志：「女子彈弦跕躧（屣）。」摳，提起。禮記曲禮上：「摳衣趨隅。」汪本、常州本、原校所見之宋元明本「予」下有「則」。

〔三〇〕頂禮，佛家語。人所貴者頂，所卑者足，跪地以頭承尊者之足，乃佛教徒的最敬禮。沈約爲文惠太子禮佛願疏：「伽藍精舍，繞足頂禮。」

〔三一〕哲人，賢智。

〔一二二〕欽，敬慕。和，順從。至教，指天道。禮記禮器：「天道至教，聖人至德。」欽，本作「飲」，此依汪本、常州本及原校所見之宮本、宋元明本。

〔一二三〕此河，佛家語，猶言「中流」，詳下「彼岸」條。紛，亂；梗，塞也。

〔一二四〕彼岸，梵語波羅，譯曰彼岸。生死之境界譬之此岸，業煩惱譬之中流，涅槃譬之彼岸。文選王巾頭陀寺碑「形乎彼岸矣」句李善注引涅盤經（師子吼菩薩品）曰：「得到彼岸，登大高山，離諸恐怖，多受安樂。彼岸山者，喻於如來。」

〔一二五〕熙熙，和樂貌。老子二十章：「衆人熙熙，如享太牢，如春登臺。」

〔一二六〕唯善是樂，漢書東平憲王蒼傳：「王言爲善最樂。」

〔一二七〕伊，是。徒言，空言。

寺東南有道觀〔一二八〕，亭亭崖側〔一二九〕，下望雲雨。蕙樓蘭榭〔一三〇〕，隱映林篁〔一三一〕。飛觀列軒〔一三二〕，玲瓏煙霧。日止却粒之氓〔一三三〕，歲次祈仙之客〔一三四〕。餌星髓〔一三五〕，吸流霞，將乃雲衣霓裳〔一三六〕，乘龍馭鶴〔一三七〕。觀下有石井，聳跱中澗〔一三八〕，彫琢刻削，頗類人工。躍流濼瀉〔一三九〕，洊涌泱咽〔一四〇〕，電擊雷吼〔一四一〕，駭目驚魂。寺觀前皆植修竹，檀欒蕭颼〔一四二〕，被陵緣阜〔一四三〕。竹外則有良田，區畛通接〔一四四〕。山泉膏液，鬱潤肥腴。鄭白決漳〔一四五〕，莫之能擬，致紅粟流溢〔一四六〕，鳧雁充厭〔一四七〕。春鼈旨擅碧雞〔一四八〕，冬蕈味珍霜鵽〔一四九〕。穀巾取於丘嶺，短褐出自中園〔一五〇〕。莞蔣逼側池湖〔一五一〕，萓蒯駢填原隰〔一五二〕。養給之資，生生所用〔一五三〕，無不阜實蕃籬〔一五四〕，充牣崖巇〔一五五〕。

〔一二八〕道觀，道家廟宇。晉葛洪關尹子序：「今陝州靈寶縣太初觀，乃古函谷關候見老子處，終南宗聖宮乃關尹故宅，周穆王修其草樓，改號樓觀，建老子祠。道觀之興，實祖於此。」

〔一二九〕亭亭，高貌。西京賦：「狀亭亭以苕苕。」

〔一三〇〕蕙、蘭，皆香草，蕙樓蘭榭，喻樓榭之美。王融謝武陵王賜弓啓：「殿下摛藻蕙樓，暢藝蘭苑。」

〔一三一〕篁，竹叢生。郭璞蜜蜂賦：「迴鶩林篁。」映，本作「曖」，今從汪本、常州本及原校所見之宋元明本。

〔一三二〕飛觀，高觀。列，陳列。軒，有欄之長廊。列，本作「烈」；軒，本作「錢」，此均從汪本、常州本及原校所見之宋元明本。

〔一三三〕却粒，絶穀。却粒之氓，謂不食穀食的求仙學道者流。吕氏春秋必己：「單豹好術，離俗棄塵，不食穀食。」注：「不食穀食，行氣道引也。」

〔一三四〕次，止宿。歲次祈仙之客，汪本、常州本及原校所見之宋元明本皆作「歲集神仙之客」。

〔一三五〕餌，食。星髓，星宿之精髓。

〔一三六〕雲衣霓裳，以雲霓爲衣裳。楚辭九歌東君：「青雲衣兮白霓裳。」

〔一三七〕乘龍，指蕭史。列仙傳蕭史傳云：蕭史得道，好吹簫，秦穆公以女弄玉妻之。後弄玉乘鳳，蕭史乘龍，共昇天去。駁鶴，指王子喬。列仙傳王子喬傳云：周王子喬好吹笙作鳳鳴。後告其家曰：「七月七日待我於緱氏山頭。」及期，果駁白鶴謝時人而去。

〔三八〕跱，屹立。

〔三九〕潀（cóng，音淙），流水聲。潀，汪本、常州本及原校所見之宋元明本皆作「灇」。

〔四〇〕洊，入水貌。泱，水流貌。

〔四一〕電擊雷吼，漢書敘傳「電擊雷振」，乃此句所本。

〔四二〕檀欒，秀美貌，多形容竹。枚乘兔園賦：「修竹檀欒夾池水。」後遂爲竹之代稱。

〔四三〕被，覆蓋。緣，圍繞。陵、阜，皆土山。文選揚雄羽獵賦：「被陵緣岅。」

〔四四〕畛，田間的道路。區畛，不同田塊間的道路。

〔四五〕鄭，鄭國渠。史記河渠書：「（韓）使水工鄭國間說秦，令鑿涇水，自中山西抵瓠口爲渠。並北山，東注洛，……溉舃鹵之地四萬餘頃，……命曰鄭國渠。」白，白渠。漢書溝洫志：「趙中大夫白公復奏穿渠，引涇水。首起谷口，尾入櫟陽，注渭中，袤二百里，溉田四千五百餘頃，因名曰白渠。」泱，泱水，水經注泱水：「泱水出廬江雩婁縣南大別山，……又北入于淮。」漳，漳水，水經注漳水：「漳水出臨沮縣東，荊山東南，……入于沮。」

〔四六〕紅粟，謂粟儲久而色赤。文選左思吴都賦：「紅粟流衍。」李善注引漢書（食貨志上）：「太倉之粟，紅腐而不可食。」

〔一四七〕充厭，謂飽餐。

〔一四八〕鼈，蕨的別稱，蕨初生時如鼈脚，故有此名。陸璣毛詩草木鳥獸蟲魚疏卷上：「蕨，鼈也，山菜也。周秦曰蕨，齊魯曰鼈。」孝標生於齊魯之地，故用此方言。旨，味美，詩邶風谷風：「我有旨蓄，亦以御冬。」擅，專。言春蕨山菜之佳美，碧雞焉可及之。擅，汪本、常州本皆作「膳」。

〔一四九〕蕈（xùn，音汛），一種菌類。鶉，似鳩，肉美。霜鶉，秋天的鶉。

〔一五〇〕縠巾二句：縠巾，紗巾。短褐，粗麻織的短衣。丘嶺、中園，謂種桑植麻之地。

〔一五一〕莞，草名，可以作席。蔣，菰。逼側，混雜。莞，汪本、常州本作「葦」。汪本、常州本及原校所見之宋元明本「側」字下有「於」。

〔一五二〕菅，茅。蒯，亦菅之類。左傳成公九年：「雖有絲麻，無棄菅蒯。」駢填，聚集。原，廣平之地。隰，低濕之地。詩小雅皇皇者華：「于彼原隰。」汪本、常州本及原校所見之宋元明本「填」下有「於」。

〔一五三〕生生，謂維持生活。文選陶潛歸去來兮辭序：「生生所資。」

〔一五四〕阜實，充塞。

〔一五五〕充牣，充滿。崖巘，山峰。

歲始年季〔一五六〕，農隙時閑〔一五七〕，濁醪初醞〔一五八〕，清醥新熟〔一五九〕，則田家有野老〔一六〇〕，提壺共至。班荆林下〔一六一〕，陳罇置爵〔一六二〕。酒酣耳熱〔一六三〕，屢舞讙呶〔一六四〕。晟論箱庾〔一六五〕，高談穀稼。嗢噱謳歌〔一六六〕，舉杯相挹〔一六七〕。人生樂耳〔一六八〕，此歡豈訾〔一六九〕。若夫蠶而衣，耕而食。日出而作，日入而息〔一七〇〕。晚食當肉〔一七一〕，無事爲貴。不求於世，不忤於物〔一七二〕，莫辨榮辱，匪知毁譽。浩盪天地之間，心無怵惕之警〔一七三〕。豈與嵇生齒劍〔一七四〕，楊子墜閣〔一七五〕，較其優劣者哉！

〔一五六〕季，末。

〔一五七〕隙，空閒。文選張衡東京賦：「三農之隙。」

〔一五八〕醪，濁酒。醞，類聚作「濟」，汪本、常州本作「⿱罒齊」。校記云：宫本作「濟」，宋元明本作「⿱罒齊」。

〔一五九〕醥，清酒。本作「觴」，今從汪本及常州本。

〔一六〇〕此句類聚作「則有田家野老」。

〔一六一〕班，布。班荆，鋪荆枝以坐地。左傳襄公二十六年：「班荆相與食。」

〔一六二〕罇，酒器。爵，汪本、常州本作「酌」。校記云：宋元明本作「酌」。

〔一六三〕酒酣耳熱，文選楊惲報孫會宗書：「酒後耳熱。」

〔一六四〕讙呶（náo，音撓），歡呼。詩小雅賓之初筵：「載號載呶。」毛傳：「號、呶，號呼、讙呶也。」讙，類聚作「嚾」，汪本、常州本作「諠」。

〔一六五〕晟，通盛。晟論，高談闊論。箱庾，指倉儲。箱指藏糧的車箱，詩小雅甫田：「乃求千斯倉，乃求萬斯箱。」庾，指露天的穀倉，詩小雅楚茨：「我倉既盈，我庾維億。」

〔一六六〕嘔噱，笑不止。文選嵇康琴賦：「留連瀾漫，嘔噱終日。」

〔一六七〕挹，酌取。詩小雅大東：「維北有斗，不可以挹酒漿。」挹，汪本、常州本作「抗」。

〔一六八〕人生樂耳，文選楊惲報孫會宗書：「人生行樂耳，須富貴何時！」

〔一六九〕訾，詆毀。

〔一七〇〕若夫四句：言其自食其力，自得其樂。藝文類聚卷一一引帝王世紀載擊壤歌：「吾日出而作，日入而息，鑿井而飲，耕田而食，帝力何有於我哉！」

〔一七一〕晚食，言食過其時，飢而食。當肉，猶言其美比於食肉。戰國策齊策：「晚食以當肉。」

〔一七二〕忤，違逆。於，類聚作「萬」。

〔一七三〕怵惕，驚懼。孟子公孫丑上：「今人乍見孺子將入於井，皆有怵惕惻隱之心。」

〔一七四〕嵇生，嵇康。康字叔夜，譙郡銍人。好老莊，尚奇任俠。寓居山陽，拜中散大夫。以答山濤書而忤司馬昭，次年，坐呂安事見殺。齒劍，觸劍。漢書枚乘傳：「腐肉之齒利劍。」注：「齒謂當之也。」

〔一七五〕楊子即揚雄。雄字子雲，成都（四川郫縣）人。墜閣，漢書揚雄傳：「時雄校書天禄閣上，治獄使者來，欲收雄。雄恐不能自免，乃從閣上自投下，幾死。」

附録一

演連珠五十首注〔一〕

晉陸機撰　梁劉孝標注〔二〕

臣聞日薄星迴，穹天所以紀物；山盈川沖，后土所以播氣㈠。五行錯而致用，四時違而成歲㈡。是以百官恪居，以赴八音之離；明君執契，以要克諧之會㈢。

【注】

㈠天地所以施化，日薄於天，星迴於漢；穹蒼所以紀陰陽之節，在山則實，在川則虚，所以散剛柔之氣也〔三〕。

㈡夫五行四時，佐天地造物者也。然水火相殘，金木相代，而共成陶鈞之致；春秋異候，寒暑繼節，而俱濟一歲之功也。

㈢三才理通，趣舍不異。天地既然，人理得不効之哉！所以臣敬治其職，膺金石之別響；君執契居中，納鏗鏘之合韻〔四〕。

【箋疏】

〔一〕陸機演連珠五十首全文，及劉孝標注，録自尤刻文選卷五五，今酌採李善及各家之説，略作箋疏。張雲璈選學膠言卷二〇云：「北史李先傳：『（魏帝）召先讀韓子連珠論二十二篇。』韓子即韓非子。韓非書中有連語，先列其目而後著其解謂之連珠。據此，則連珠之體昉於韓非。任昉文章緣起謂連珠始自揚雄，非矣。」李善云：「傅玄敘連珠曰：所謂連珠者，興起於漢章之世，班固、賈逵、傅毅三子，受詔作之。其文體辭麗而言約，不指説事情，必假喻以達其旨，而覽者微悟，合於古詩諷興之義，欲使歷歷如貫珠，易看而可悦，故謂之連珠。」

〔二〕梁章鉅云：「按隋志：『演連珠，何承天注。』然則注都不僅孝標一人。」見文選旁證卷四四。

〔三〕施化，「化」原作「生」；在川則虛，「川」原作「地」，「虛」原作「化」，并從胡克家文選考異説改。

〔四〕何焯云：「似是可否相成之義，注未昭暢。」見義門讀書記卷五。

臣聞任重於力，才盡則困；用廣其器，應博則凶。是以物勝權而衡殆，形過鏡則照窮㈠。故明主程才以効業，貞臣底力而辭豐㈡。

【注】

㈠夫錙銖之衡，懸千斤之重。徑尺之鏡，照尋丈之形。用過其力，傷其本性。故在權則衡危，於鏡則照暗也。

㈡由衡危鏡凶，哲人所以爲戒。故主則程其才而授官，臣則辭其豐而致力，此唐虞所以緝熙，稷契所以垂美也。

臣聞髦俊之才，世所希乏；丘園之秀，因時則揚。是以大人基命，不擢才於后土；明主聿興，不降佐於昊蒼㈠。

【注】

㈠此章言賢人雖希，而無世不有。故亡殷三仁辭職〔一〕，隆周十亂入朝〔二〕。故明主之興，非天地特爲生賢才，在引而用之爲貴爾。

【箋疏】

〔一〕三仁，殷紂王之三臣。論語微子：「孔子曰：殷有三仁焉。」正義云：「殷有三仁，志同行異也。微子去之，箕子爲之奴，比干諫而死者。」

〔二〕十亂，指周武王之十臣。尚書泰誓：「予有亂臣十人，同心同德。」陸德明音義曰：「十人：周公旦，召公奭，太公望，畢公，榮公，太顛，閎夭，散宜生，南宮适及文母。」亂，治。見爾雅釋詁。案此條注文與辯命論「虎嘯風馳，龍興雲屬。故重華立而元凱升，辛受生而飛廉進」數句，立意全同，可參讀。

臣聞世之所遺，未爲非寶；主之所珍，不必適治。是以俊乂之藪，希蒙翹車之招；金碧之巖，必辱鳳舉之使㈠。

【注】

㊀言末代闇主，崇神棄賢，故俊乂無翹車之徵，金碧有鳳舉之使也。

臣聞禄放於寵，非隆家之舉；官私於親，非興邦之選。是以三卿世及，東國多衰弊之政；五侯並軌，西京有陵夷之運㊀。

【注】

㊀寵，謂五侯；親，謂三卿。言三桓專魯，而哀公見逐〔一〕，五侯用權，而漢氏以亡〔二〕。

【箋疏】

〔一〕三桓，謂仲孫、叔孫、季孫。論語季氏：「政逮於大夫四世矣，故乎三桓之子孫微矣。」何晏集解引孔安國注曰：「三卿皆出桓公，故曰三桓也。」東國，指魯。

〔二〕五侯，指漢孝成帝舅氏五人。漢書元后傳：「河平二年，上（孝成帝）悉封舅譚爲平阿侯、商成都侯、立紅陽侯、根曲陽侯、逢時高平侯。五人同日封，故世謂之『五侯』。」

臣聞靈輝朝覲，稱物納照；時風夕灑，程形賦音。是以至道之行，萬類取足於世；大化既洽，百姓無匱於心㊀。

【注】

㊀言至道均被，萬物取而咸足，淳化普洽，百姓用而不匱。猶靈耀覿而品物納光，清風流而百籟含響也。

臣聞頓網探淵，不能招龍，振網羅雲，不必招鳳。是以巢箕之叟，不眄丘園之弊，洗渭之民，不發傅巖之夢㊀。

【注】

㊀古之隱人，結巢以居，故曰巢父，或言即許由也。洗耳，一說巢父也。記籍不同，未能詳孰是〔一〕。又傅説築於傅巖，而精通武丁〔二〕。言巢許冥心長往，故無發夢之符。

【箋疏】

〔一〕李善云：「陸云洗渭，而劉之意云洗耳，據劉之意，則以洗渭爲洗耳乎？呂氏春秋（慎行）曰：昔者堯朝許由於沛澤之中，曰：『請屬天下於夫子。』許由遂之箕山之下，潁水之陽。琴操曰：堯大許由之志，禪爲天子，由以其言不善，乃臨河而洗耳。」又云：「魏子曰：『昔者許由之立身也，恬然守志存己，不甘禄位，洗耳不受帝堯之讓，謙退之高也。』益部耆舊傳：『秦密對王商曰：昔堯優許由，非不弘也，洗其兩耳。』皇甫謐逸士傳曰：『巢父者，堯時隱人也。及堯讓位乎許由也，由以告巢父焉，巢父責由曰：「汝何不隱汝光？何故見若身，揚若名令聞？若汝非友也。」乃擊其膺而下之，由悵然不自得，乃過清泠之水，洗其耳。』（案：世説新語排調「孫子荊年少時欲隱」條劉孝標注引逸士傳云：「許由爲堯所讓，其友巢父責之。由乃過清泠水洗耳拭目，曰：『向聞貪言，負吾之友。』」與此略異。）皇甫謐高士傳云：『巢父聞許由之爲堯所讓也，以爲污，乃臨池水而洗耳。』譙周古史考曰：『許由，堯時人也，隱箕山，恬泊養性，無欲於世。堯禮待之，終不肯就。時人高其無欲，遂崇大之曰：堯將以天下讓許由。由恥聞之，乃洗其耳。或曰：又有巢父與許由同志。或曰：許由夏常居巢，故一號巢父。不可知也。凡書傳言許由則多，言巢父者少矣。』范曄後漢書（逸民傳）：『嚴子陵謂光武曰：「昔唐堯著德，巢父洗耳，士故有志，何至相迫乎？」』然書傳之説洗耳，參差不同，陸既以巢箕爲許由，洗耳爲巢父，且復水名不一，或亦洗於渭乎？」

〔二〕傳説，商王武丁的輔佐。尚書説命：「高宗（即武丁）夢得説，使百工營求諸野，得諸傅巖。」僞孔傳：「夢得賢相，其名曰説，使百官以所夢之形象經求之於野，得之於傅巖之谿。」

臣聞鑑之積也無厚，而照有重淵之深；目之察也有畔，而眂周天壤之際。何則？應事以精不以形，造物以神不以器。是以萬邦凱樂，非悦鍾鼓之娛；天下歸仁，非感玉帛之惠㈠。

【注】

㊀鏡質薄而能照，目形小而能視，以其精明也。故聖人以至精感人，至神應物，爲樂不假鍾鼓之音，爲禮不待玉帛之惠，此所感之至也。

臣聞積實雖微，必動於物；崇虛雖廣，不能移心。是以都人冶容，不悅西施之影；乘馬班如，不輟太山之陰㊀。

【注】

㊀美女之影，不惑荒淫之人；高山之陰，不止不進之馬。虛實之驗在茲也。

臣聞應物有方，居難則易；藏器在身，所乏者時。是以充堂之芳，非幽蘭所難；繞梁之音，實縈絃所思㊀。

【注】

㊀此章言賢明有才，不遇知者，所以自古爲難。芬芳之氣罕有，而幽蘭豐其氣；才明之術所希，而賢人懷其術。然則縈曲之弦，無繞梁以盡妙〔一〕；不世之姿，寡明時以取窮。

【箋疏】

〔一〕李善云：「劉云『縈曲之絃』，謂絃被縈曲而不申者也。言『縈曲之絃，思繞梁以盡妙』，以喻藏器之士，候明時以効績。」

臣聞智周通塞，不爲時窮；才經夷險，不爲世屈。是以淩飈之羽，不求反風；耀夜之目，不思倒日㊀。

【注】

㊀ 鳶鵲能飛，不假風力；鵂鶹夜見，豈藉還曜。此與聖人通塞而不窮，夷險而不屈，何以異哉！

臣聞忠臣率志，不謀其報；貞士發憤，期在明賢。是以柳莊黜殯，非貪瓜衍之賞；禽息碎首，豈要先茅之田㊀？

【注】

㊀ 夫黜尸以明諫〔一〕，觸車以進賢〔二〕，並發之於忠誠，豈有求而然哉？

【箋疏】

〔一〕黜尸明諫，指史魚。李善注引韓詩外傳（卷七）曰：「昔衛大夫史魚，病且死，謂其子曰：『我數言蘧伯玉之賢，而不能進，彌子瑕不肖，而不能退，死不居喪正堂，殯我於室，足矣。』衛君問其故，子以父言聞於君，乃召蘧伯玉而貴之，彌子瑕退之，徙殯於正堂，成禮而後去。可謂生以身諫，死以尸諫。然經籍唯有史魚黜殯，非是柳莊，豈爲書典散亡？而或陸氏謬也？」案朱珔文選集釋卷二四云：「案尸諫亦見大戴禮保傅篇，皆謂史魚。而禮記檀弓言衛有太史曰柳莊，疾革，獻公方祭，不釋服而往，遂以襚之。與此言殯相類，疑士衡因以致誤。」

〔二〕觸車進賢，指禽息。梁章鉅文選旁證卷四四云：「後漢書朱穆傳注引韓詩外傳云，『禽息，秦大夫，薦百里奚，不見納。繆公出，當車以頭擊闑，腦乃精出』云云。」

臣聞利眼臨雲，不能垂照；朗璞蒙垢，不能吐輝。是以明哲之君，時有蔽壅之累；俊乂之臣，屢抱後時之悲㊀。

【注】

㊀ 言讒人在朝，君臣否隔。明君時有蔽壅，喻利眼臨雲而息照；俊乂後時而屢歎，喻朗玉蒙垢而掩輝。

臣聞郁烈之芳，出於委灰；繁會之音，生於絶絃。是以貞女要名於没世，烈士赴節於當年㊀。

【注】

㊀ 香以燔質而發芳，絃以特絶而流響，喻貞女没身而譽立，烈士効節而名彰也。

臣聞良宰謀朝，不必借威；貞臣衛主，脩身則足。是以三晉之强，屈於齊堂之俎；千乘之勢，弱於陽門之哭㊀。

【注】

㊀晏嬰立威於樽俎〔一〕，子罕慟哭於介夫〔二〕，終使晉人輟謀，齊宋不撓，良宰貞臣，有効於斯者也。

【箋疏】

〔一〕晏嬰，春秋齊相。李善注引晏子春秋（内篇雜上）：「晉平公使范昭觀齊國政，景公觴之。范昭起曰：『願得君之樽爲壽。』君命左右酌樽以獻，晏子命撤去之。范昭不悦而起舞，顧太師曰：『爲我奏成周之樂。』太師曰：『盲臣不習也。』范昭歸謂平公曰：『齊未可并，吾欲試其君，晏子知之。吾欲犯其樂，太師知之。』於是撤伐齊謀。孔子聞之曰：『善，不出樽俎之間，而折衝千里之外，晏子之謂也。』」

〔二〕介夫，甲衛士。禮記檀弓下：「晉人之覘宋者，反報於晉侯曰：『陽門之介夫死，而子罕哭之哀，而民説，殆不可伐也。』孔子聞之曰：『善哉覘國乎！』」

臣聞赴曲之音，洪細入韻；蹈節之容，俯仰依詠。是以言苟適事，精麤可施；士苟適道，修短可命㊀。

【注】

㊀ 此言取其正事而已，豈復係門閥乎？婁敬一言，漢以遷都〔一〕；醜女暫說，齊以爲后〔二〕。亦猶鼓缶而會時，摇頭而韻曲也。

【箋疏】

〔一〕漢有天下，都洛陽。漢五年，婁敬入説高祖，高祖即日西都關中。事見史記劉敬叔孫通列傳。

〔二〕醜女，鍾離春。列女傳鍾離春傳：鍾離春者，齊無鹽邑之女，其爲人極醜，年四十無人問者，乃拂試短褐自詣齊宣王，以「四殆」説王，王大悦，於是拜無鹽爲后，齊乃大安。

臣聞因雲灑潤，則芬澤易流；乘風載響，則音徽自遠。是以德教俟物而濟，榮名緣時而顯㊀。

【注】

㊀ 此言物有因而易彰也〔一〕。

【箋疏】

〔一〕論衡逢遇篇：「賢不賢，才也；遇不遇，時也。」此注立意全本於此。

臣聞覽影偶質，不能解獨；指迹慕遠，無救於遲。是以循虚器者，非應物之具；翫空言者，非致治之機㊀。

【注】

㊀ 此言爲事非虛，立功須實。故三章設而漢隆〔一〕，玄言流而晉滅〔二〕，此其驗也。

【箋疏】

〔一〕三章，指漢高祖約法三章。史記高祖本紀：「與父老約，法三章耳：殺人者死，傷人及盜抵罪。」

〔二〕玄言流而晉滅，晉書儒林傳序：「有晉始自中朝，迄於江左，莫不崇飾華競，祖述虛玄。擯闕里之典經，習正始之餘論。指禮法爲流俗，目縱誕以清高。遂使憲章弛廢，名教頹毀，五胡乘間而競逐，二京繼踵以淪胥。運極道消，可爲長歎息者矣。」

臣聞鑽燧吐火，以續湯谷之晷；揮翮生風，而繼飛廉之功。是以物有微而毗著，事有瑣而助洪㊀。

【注】

㊀ 物有小而益大，不可忽也。若緹縈獻書而除肉刑〔一〕，此其例也。

【箋疏】

〔一〕緹縈，漢臨菑人淳于意女。意無男，止五女。文帝時，意有罪當刑，詔獄繫長安，時肉刑尚在。

意罵其女曰：「生子不生男，緩急非有益！」緹縈悲泣，隨父至長安，上書願入身爲官奴以贖父罪，帝憐之，下詔除肉刑，意乃得免。參見史記文帝紀、漢書刑法志、列女傳緹縈本傳等。

臣聞春風朝煦，蕭艾蒙其温；秋霜宵墜，芝蕙被其凉。是故威以齊物爲肅，德以普濟爲弘㊀。

【注】

㊀春秋不以善惡殊其彫榮，人君不以貴賤革其賞罰。故詩云：「柔亦不茹，剛亦不吐」也〔一〕。

【箋疏】

〔一〕「柔亦不茹」二句，乃詩大雅烝民句。孔穎達正義：「人之恒性，莫不柔濡者則茹食之，堅剛者則吐出之，喻見前敵寡弱者則侵侮之，彊盛者則避畏之。言凡人之性，莫不皆爾，維有仲山甫則不然，雖柔亦不茹，雖剛亦不吐。」

臣聞巧盡於器，習數則貫；道繫於神，人亡則滅。是以輪匠肆目，不乏奚仲之妙；瞽史清耳，而無伶倫之察㊀。

【注】

㊀此言事在外則易致，妙在内則難精。奚仲巧見於器，故輪工能繼其致也〔一〕。伶倫妙在其神，故

樂人不傳其術也〔二〕。

【箋疏】

〔一〕奚仲，古之作車者。説文車部：「車，輿輪之總名。夏后時奚仲所造。」

〔二〕伶倫，黄帝時樂師。吕氏春秋古樂：「昔黄帝令伶倫作爲律。」

臣聞性之所期，貴賤同量；理之所極，卑高一歸。是以准月稟水，不能加涼；晞日引火，不必增輝㊀。

【注】

㊀言物雖貴賤殊流，高卑異級，至其極也，殊塗共歸，雖方諸稟水於月，而不加於水之涼；陽燧取火於日，不加於火之輝也〔一〕。

【箋疏】

〔一〕方諸，古於月下承取露水之器。陽燧，古取火於日之器。周禮秋官司烜氏：「司烜氏掌以夫遂取明火於日，以鑒取明水於月。」鄭玄注：「夫遂，陽燧也。」「取水者，世謂之方諸。」論衡亂龍：「今伎道之家，鑄陽燧取飛火於日，作方諸取水於月。」

臣聞絶節高唱，非凡耳所悲；肆義芳訊，非庸聽所善。是以南荆有寡和之歌，東野有不釋之辯㊀。

【注】

㊀商鞅言帝王之術，而孝公以之睡〔一〕，此其義也。

【箋疏】

〔一〕孝公，秦孝公。史記商君列傳：「孝公既見衛鞅，語事良久，孝公時時睡，弗聽。罷而孝公怒景監曰：『子之客妄人耳，安足用邪！』景監以讓衛鞅，衛鞅曰：『吾説公以帝道，其志不開悟矣。』」

臣聞尋煙染芬，薰息猶芳；徽音録響，操終則絶。何則？垂於世者可繼，止乎身者難結。是以玄晏之風恒存，動神之化已滅㊀。

【注】

㊀周孔以禮樂訓世，故其迹可尋。倪惠以堅白爲辭〔一〕，故其辯難繼。是以唐虞遠而淳風流存，蘇張近而解環易絶也〔二〕。

【箋疏】

〔一〕倪惠，王倪與惠施，善辯。見莊子之齊物論、應帝王、天地、天下等篇。堅白，謂堅石白馬之辯。莊子齊物論：「彼非所明而明之，故以堅白之昧終。」陸德明音義：「司馬云：『謂堅石白馬之辯也。』……又云：『或曰：設矛伐之説爲堅，辯白馬之名爲白。』」

〔二〕蘇張，蘇秦、張儀。解環易絶，戰國策齊策六：「秦始皇嘗使使者遺君王后玉連環，曰：『齊多知，而解此環不？』君王后以示羣臣，羣臣不知解。君王后引椎椎破之，謝秦使曰：『謹以解矣。』」這裏有借此喻蘇張之辯巧而狡之意。

臣聞託闇藏形，不爲巧密；倚智隱情，不足自匿。是以重光發藻，尋虚捕景；大人貞觀，探心昭忒〔一〕。

【注】

〔一〕日月發輝，既尋虚而捕影，欲藏形而託暗，豈得施其巧密乎？以喻聖人正見，既探心而明惑，欲隱情而倚智，豈足自匿其事乎？

臣聞披雲看霄，則天文清。澄風觀水，則川流平。是以四族放而唐劭，二臣誅而楚寧〔一〕。

【注】

〔一〕凶邪亂正，亦由浮雲蔽天，疾風激水。故舜流四凶而朝穆穆〔一〕，楚戮費鄢而王道洽也〔二〕。

【箋疏】

〔一〕四凶，指共工、驩兜、三苗、鯀。尚書舜典：「（舜）流共工于幽州，放驩兜于崇山，竄三苗于三危，殛鯀于羽山，四罪而天下咸服。」

〔二〕費，費無極，鄢，鄢將師。二人皆楚之讒臣。左傳昭公二十七年：「沈尹戌言於子常曰：『夫無極，楚之讒人也，……去朝吴，出蔡侯朱，喪大子建，殺連尹奢……子而弗圖，將焉用之？夫鄢將師矯子之命……楚國若有大事，子其危哉。』子常曰：『是瓦之罪也，敢不良圖！』乃殺費無極與鄢將師，盡滅其族。謗言乃止。」

臣聞音以比耳爲美，色以悦目爲歡。是以衆聽所傾，非假百里之操；萬夫婉孌，非俟西子之顔。故聖人隨世以擢佐，明主因時而命官㊀。

【注】

㊀物之企競，由乎不足；政之不治，才不合時故也。心苟自足，不假美女之麗；用會其朝，不勞稷契之賢矣。

臣聞出乎身者，非假物所隆；牽乎時者，非克己所勗。是以利盡萬物，不能叡童昏之心；德表生民，不能救棲遑之辱㊀。

【注】

㊀下愚由性，非假物所移；弊俗係時，非克己能正。是以放勛化被四表，不革丹朱之心〔一〕；仲尼德冠生人，不救棲遑之辱。

【箋疏】

〔一〕放勛，即放勳，堯。尚書堯典「曰若稽古帝堯，曰放勳，欽明文思安安。允恭克讓，光被四表，格於上下。」丹朱，堯之不肖子。李善引劉向上疏曰：「雖有堯舜之聖，不能化丹朱。」

臣聞動循定檢，天有可察；應無常節，身或難照。是以望景揆日，盈數可期；撫臆論心，有時而謬㊀。

【注】

㊀檢，謂定檢，不瀾漫也。此言晷景有節，尺圭可以知其數；深情難測，淵識不能知其心。故光武蔽於龐萌〔一〕，魏武失之張邈〔二〕。

【箋疏】

〔一〕龐萌，山陽人。萌爲人遜順，甚見信愛。光武常稱之，曰：「可以託六尺之孤，寄百里之命者，龐萌是也。」遂拜萌爲平狄將軍。後萌反，帝聞之大怒，乃自將討萌，與諸將書曰：「吾常以龐萌社稷之臣，將軍得無笑其言乎？老賊當族。」萌兵潰見殺。見後漢書王劉張李彭盧傳。

〔二〕張邈，漢末人。邈素與曹操、袁紹友善。董卓之亂，操與邈首舉義兵，邈後歸操。時袁紹爲盟主，使操殺邈，操不聽。後邈終叛操。事見三國志魏書呂布臧洪傳。

臣聞傾耳求音，眡優聽苦；澄心徇物，形逸神勞。是以天殊其數，雖同方不能分其感；理塞其通，則並質不能共其休㊀。

【注】

㊀耳之與目，同在於身，而苦樂有殊，不能相救，良由造化隔其通，七竅理其用也。

臣聞遯世之士，非受匏瓜之性；幽居之女，非無懷春之情。是以名勝欲，故偶影之操矜；窮愈達，故凌霄之節厲㊀。

【注】

㊀名則傳之不朽，窮則身居萬全，故謂之勝。所以烈士貞女，棄彼而取此也。

臣聞聽極於音，不慕鈞天之樂；身足於蔭，無假垂天之雲。是以蒲密之黎，遺時雍之世；豐沛之士，忘桓撥之君㊀。

【注】

㊀ 搖頭鼓缶，秦之樂也，秦人樂之，此故不願天帝之音。故子路之惠政〔一〕，卓茂之仁恕〔二〕，豐沛之甄復〔三〕，三者自足其樂矣，豈復思時雍桓撥之治哉〔四〕。

【箋疏】

〔一〕子路，孔子弟子。李善注引家語（辯政）曰：「子路爲蒲宰，夫子入其境而歎。子貢執轡而問曰：『夫子未見由，而三稱善，何也？』曰：『吾入其境，田疇甚易，草萊甚辟，此恭敬以信，故其人盡力也。入其邑，墉屋甚嚴，樹木甚茂，此忠信以寬，故其民不偷也。至其庭甚閑，此明察以斷，其民不擾也。』」

〔二〕卓茂，字子康，南陽宛人。性寬仁恭愛。光武即位，訪求茂，下詔曰：「前密令卓茂，束身自修，執節淳固，誠能爲人所不能爲。夫名冠天下，當受天下重賞。」事見後漢書卓茂傳。

〔三〕豐沛，皆地名，漢高祖故里，沛爲郡，豐爲縣。甄復，指漢高祖以豐沛爲其湯沐邑，復其民之事。見史紀高祖本紀。李善云：「豐沛，謂漢也。」

〔四〕時雍，謂堯。尚書堯典：「黎民於變時雍。」桓撥，謂殷。詩商頌長發：「玄王桓撥，受小國是達。」

臣聞飛轡西頓，則離朱與矇瞍收察；懸景東秀，則夜光與武夫匿耀。是以才換世則俱困，功偶時而並劭㈠。

【注】

㈠運若時來，則賢明易興；數逢澆季，則愚聖一揆。故堯在朝而舜登庸，哀公居位而仲尼逐也〔一〕。

【箋疏】

〔一〕此與辯命論之「重華立而元凱升，辛受生而飛廉進」二句同義，可參讀。

臣聞示應於近，遠有可察；託驗於顯，微或可包。是以寸管下傃，天地不能以氣欺；尺表逆立，日月不能以形逃㈠。

【注】

㈠寸管，黃鍾九寸之律，以灰飛，所以辨天地之數，即示近之義也。以夏至立丈二表於陽城，表觀其晷影，以知日月之度，斯所謂託驗於顯者也。

臣聞絃有常音，故曲終則改；鏡無畜影，故觸形則照。是以虛己應物，必究千變之容；挾情適事，不觀萬殊之妙㈠。

【注】

㈠常音，謂君臣宮商之音。夫絃節有恒，清濁之聲難越；對物有恒，則應化之功不廣。然明鏡無心，物來斯照，聖人玄同，或至皆應。是以滯有之與懷豁，道難得而校也。

臣聞柷敔希聲，以諧金石之和；鼙鼓疏擊，以節繁絃之契。是以經治必宣其通，圖物恒審其會㈠。

【注】

㈠ 夫道上環中，理貴特會。希發而節樂者，擊一柷之功也〔一〕。一契而御衆者，聖人之能也。

【箋疏】

〔一〕柷（zhù，音矗），一種樂器。釋名釋樂器：「柷，狀如漆桶。」擊，原作「繫」，從胡克家文選考異說改。

臣聞目無嘗音之察，耳無照景之神。故在乎我者，不誅之於己；存乎物者，不求備於人㈠。

【注】

㈠ 言爲政之道，恕己及物也。耳目在身，施之異務，不以通塞之故，而誅之於己。是以存乎物者，豈求其備哉。

臣聞放身而居，體逸則安；肆口而食，屬厭則充。是以王鮪登俎，不假吞波之魚；蘭膏停室，不思銜燭之龍㈠。

【注】

㈠此欲令各當其所，而無企羡之心，抑亦在鵬鷃之義也〔一〕。

【箋疏】

〔一〕鵬，鵬鳥；鷃，斥鴳。莊子逍遥遊：「有鳥焉，其名爲鵬，背若太山，翼若垂天之雲，摶扶摇羊角而上者九萬里，絶雲氣，負青天，然後圖南，且適南冥也。斥鴳笑之曰：『彼且奚適也？我騰躍而上，不過數仞而下，翱翔蓬蒿之間，此亦飛之至也，而彼且奚適也？』」

臣聞衝波安流，則龍舟不能以漂；震風洞發，則夏屋有時而傾。何則？牽乎動則靜凝㈠，係乎靜則動貞㈡。是以淫風大行，貞女蒙冶容之悔；淳化殷流，盗跖挾曾史之情㈢。

【注】

㈠言舟牽乎水，波靜而舟定，故曰靜凝也。

㈡言屋係乎地，風動而屋傾，是動貞也。

㈢此謂物無常性，惟化所移〔一〕。故水本驚蕩，風靜則安；屋本貞堅，風來則傾。亦由貞專之女，值淫奔之俗，或有桑中之心；凶虐之人，被淳風之化，當挾賢士之義。

【箋疏】

〔一〕此可與辯命論「神非舜禹，心異朱均，才絓中庸，在於所習」等數句參看。移，原作「珍」，從胡克家文選考異説改。

臣聞達之所服，貴有或遺；窮之所接，賤而必尋。是以江漢之君，悲其墜屨；少原之婦，哭其亡簪。

【注】

㊀ 言人居窮則志篤，處達則恩輕。是以楚君施轡，激三軍之澆俗〔一〕；少原流慟，誚輕薄之頹風〔二〕。

【箋疏】

〔一〕楚君，楚昭王。李善注引賈子（賈誼新書諭誠）曰：「楚昭王與吴人戰，軍敗走。昭王亡其踦屨，已行三十步，後還取之。左右曰：『大王何惜於此！』昭王曰：『楚國雖貧，豈無此一踦屨哉！吾悲與之偕出，而不與之偕反。』於是楚俗無相棄者。」

〔二〕少原流慟，謂少原婦哭其亡簪。李善注引韓詩外傳（卷九）：「孔子出遊少原之野，有婦人中澤而哭，甚哀。孔子怪之，使弟子問焉，婦人對曰：『向者刈蓍薪而亡吾簪，是以哀。』孔子曰：『刈蓍薪而亡蓍簪，有何悲也？』婦人曰：『非傷亡簪，吾所以悲者，不忘故也。』」

臣聞觸非其類，雖疾弗應；應以其方，雖微則順。是以商飈漂山，不興盈尺之雲；谷風乘條，必降彌天之潤。故暗於治者，唱繁而和寡；審乎物者，力約而功峻㊀。

【注】

㊀商風漂蕩，本無興雲之候；暗君政亂，不能懷百姓之心。至谷風習習，必陰必雨，明主在上，則天下自安也。

臣聞煙出於火，非火之和；情生於性，非性之適。故火壯則煙微，性充則情約。是以殷墟有感物之悲，周京無佇立之跡㊀。

【注】

㊀殷墟，謂紂也。周京，幽王也。棄性逐欲，遂令身死，國家爲墟。故微子視麥秀而悲殷〔一〕，周大夫見禾黍而感周也〔二〕。

【箋疏】

〔一〕微子悲殷，指箕子作麥秀之詩。史記宋微子世家：「箕子朝周，過故殷墟，感宮室毀壞，生禾黍，箕子傷之，……乃作麥秀之詩以歌詠之。」

〔二〕周大夫感周，作黍離之詩。詩王風黍離毛序：「黍離，閔宗周（周都鎬京）也。周大夫行役至於宗周，過故宗廟宮室，盡爲禾黍，閔周室之顛覆，彷徨不忍去而作是詩也。」感周，原作「悲感者」，從胡克家文選考異說改。

臣聞適物之技，俯仰異用；應事之器，通塞異任。是以鳥栖雲而繳飛，魚藏淵而網沉。賁鼓密而含響，朗笛疎而吐音㊀。

【注】

㊀賢聖之道，動合物宜。隨俗污隆，用行其正，取其濟物而已。由求鳥必高其繳，須魚必沉其網也。

臣聞理之所守，勢所常奪；道之所閉，權所必開。是以生重於利，故據圖無揮劍之痛；義貴於身，故臨川有投迹之哀㊀。

【注】

㊀性命之道，含靈所惜。以利方生，則生重利，不以利喪生，是理之所守，道之所閉也；以身方義，則義貴身，而以義棄身，是勢之所奪，權所必開也。是以據圖無揮劍之痛〔一〕，以利輕於生；臨川有投迹之哀，以身輕於義〔二〕。

【箋疏】

〔一〕據圖，據天下之圖。文子上義：「左手據天下之圖，而右手刎其喉，雖愚者不爲，身貴於天下也。」

〔二〕臨川投迹，指北人无擇。莊子讓王：「舜以天下讓其友北人无擇，北人无擇曰：『異哉后之爲人也，居於畎畝之中而遊堯之門！不若是而已，又欲以其辱行漫我。吾羞見之。』因自投清泠之淵。」案本條劉注，尤本誤屬李善，今從何焯説正。

臣聞通於變者，用約而利博；明其要者，器淺而應玄。是以天地之賾，該於六位；萬殊之曲，窮於五絃〔一〕。

【注】

〔一〕事得其要，雖寡而用博，易之六爻，該綜萬象；琴之五絃，備括衆聲。

臣聞圖形於影，未盡纖麗之容；察火於灰，不覩洪赫之烈。是以問道存乎其人，觀物必造其質〔一〕。

【注】

〔一〕此言令人尋本而棄末也。

臣聞情見於物，雖遠猶疎；神藏於形，雖近則密。是以儀天步晷，而脩短可量；臨淵揆水，而淺深難察㈠。

【注】

㈠ 天布列象，物所以知其度，此即遠猶疎。淵之積水，人所不能測，此即藏於器也。

臣聞虐暑熏天，不減堅冰之寒；涸陰凝地，無累陵火之熱。是以吞縱之强，不能反蹈海之志；漂鹵之威，不能降西山之節㈠。

【注】

㈠ 言勢有極也。虐暑涸陰之隆，不能易火冰之性，吞縱漂鹵之威〔一〕，不能移貞介之節〔二〕。

【箋疏】

〔一〕吞縱，指秦。李善云：「六國爲縱，而秦滅之，故曰吞縱。」漂鹵，即漂櫓。漂櫓之威，亦謂秦。賈誼過秦論：「秦有餘力而制其弊，追亡逐北，伏尸百萬，流血漂櫓。」

〔二〕貞介之節，指魯仲連義不帝秦事。見史記魯仲連列傳。

臣聞理之所開，力所常達；數之所塞，威有必窮。是以烈火流金，不能焚景；沈寒凝海，不能結風㈠。

【注】

㊀金爲火所流，海爲寒所凝，此是理開而常達也。然則能流金而不能焚景，能凝海而不能結風，此理閉而所窮也。

臣聞足於性者，天損不能入；貞於期者，時累不能淫。是以迅風陵雨，不謬晨禽之察；勁陰殺節，不凋寒木之心㊀。

【注】

㊀夫冒霜雪而松柏不凋，此由是堅實之性也，天雖損，無害也。雞善伺晨，雖陰晦，而不輟其鳴，此謂時累不能淫也〔一〕。

【箋疏】

〔一〕朱珔曰：「案詩鄭風：『風雨如晦，雞鳴不已。』序云：『風雨，思君子也，亂世則思君子，不改其度焉。』故鄭箋云：『雞不爲如晦而止不鳴。』正此文所本。」見文選集釋卷二四。

附録二

劉孝標佚句輯證

近發連雙兔，高瞻落九烏。

【辨證】此條録自明楊慎哲匠金桴卷一。案：樂府詩集卷六十六載劉孝威結客少年場行有「近發連雙兔，高彎落九烏」一句，又見藝文類聚卷四一、文苑英華卷一百九十五。則此句實爲劉孝威作，楊慎誤記，且誤「彎」爲「瞻」。

叢蘭已飛蝶，楊柳半藏鴉。

【辨證】此條録自哲匠金桴卷二。案：藝文類聚卷三二載王筠春遊：「藂蘭已飛蝶，楊柳半藏鴉。」藂，叢之俗體。則此句乃王筠所作。楊慎誤記。

海上流霞酌，淮南承月杯。

【辨證】此條録自楊慎謝華啓秀卷四。案：昭明太子謝敕賚廣州甌等啓有「淮南承月之杯，豈均符彩」（據嚴可均輯全上古三代秦漢三國六朝文本）一句，疑此句亦屬楊慎作僞。

業習移其天識，世服没其性靈。

【辨證】此條録自謝華啓秀卷四。案：宋書卷七十三顔延之傳載延之庭誥文：「含生之氓，同祖一氣，等級相傾，遂成差品，遂使業習移其天識，世服没其性靈。」則此句實爲顔延之作。楊慎誤記。

附録三

梁書劉峻傳

劉峻字孝標，平原平原人。父珽，宋始興内史。

峻生期月，母攜還鄉里。宋泰始初，青州陷魏，峻年八歲，爲人所略至中山，中山富人劉實愍峻，以束帛贖之，教以書學。魏人聞其江南有戚屬，更徙之桑乾。峻好學，家貧，寄人廡下，自課讀書，常燎麻炬，從夕達旦，時或昏睡，爇其髮，既覺復讀，終夜不寐，其精力如此。

齊永明中，從桑乾得還，自謂所見不博，更求異書，聞京師有者，必往祈借，清河崔慰祖謂之「書淫」。時竟陵王子良博招學士，峻因人求爲子良國職，吏部尚書徐孝嗣抑而不許，用爲南海王侍郎，不就。至明帝時，蕭遥欣爲豫州，爲府刑獄，禮遇甚厚。遥欣尋卒，久之不調。天監初，召入西省，與學士賀蹤典校秘書。峻兄孝慶，時爲青州刺史，峻請假省之，坐私載禁物，爲有司所奏，免官。安成王秀好峻學，及遷荆州，引爲户曹參軍，給其書籍，使抄録事類，名曰類苑，未及成，復以疾去，因游東陽紫巖山，築室居焉。爲山栖志，其文甚美。高祖招文學之士，有高才者，多被引進，擢以不次。峻率性而動，不能隨衆沉浮，高祖頗嫌之，故不任用。峻乃著辨命論以寄其懷曰：（略）論成，中山劉沼致書以難之，凡再反，峻並爲申析以答之。會沼卒，不見峻後報者，峻乃爲書以序之曰：（略）其論文多不載。

峻又嘗爲自序，其略曰：（略）

峻居東陽，吴、會人士多從其學。普通二年，卒，時年六十。門人謚曰玄靖先生。

（録自中華書局排印本梁書卷五〇文學傳）

書梁書劉峻傳後

羅國威

梁書卷五〇劉峻傳云：

「劉峻，字孝標，平原平原人。」

案：南史卷四九劉峻傳云：「本名法武」，「齊永明中」，與兄「俱奔江南，更名峻，字孝標」。「兄法鳳自北歸，改名孝慶，字仲昌」。其兄本名法鳳，則孝標當名法虎。南史作法武者，蓋唐人避唐祖諱，改虎作武也。又案：平原郡有二：一爲宋僑置，故址在今山東淄博市附近。又一爲梁置，並置平原縣，故治在今廣東雙橋附近。考之梁書峻本傳，魏剋青州峻即陷身爲奴，孝標之籍貫，當爲前者。

梁書劉峻傳云：

「父珽，宋始興内史。」

案：孝標爲漢膠東康王劉寄之後。其先劉植，爲平原太守。其祖昶，從慕容德渡河，家於北海之都昌縣（魏書劉休賓傳）。昶生三子：長子奉伯，次子珽（魏書劉休賓傳作「琁之」，北史劉休賓傳及南史劉峻傳作「旋之」）。今從梁書），季子史傳無載，不可考。奉伯劉裕時爲北海太守（魏書劉休賓傳）。珽仕宋爲始興内史。珽生二子：長子法鳳（後更名孝慶，字仲昌），次子法虎（後更名峻，字孝標）。現將孝標世系，列表如左：

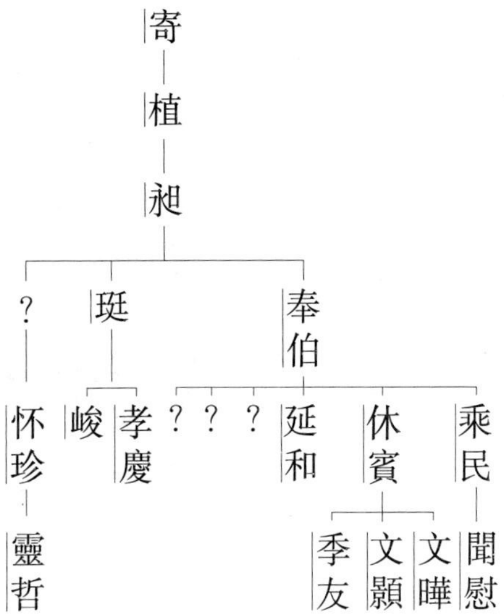

梁書劉峻傳云：

「宋泰始初，青州陷魏，峻年八歲。」

案：宋書明帝紀：「（泰始）二年，……丙申，以征虜司馬申令孫爲徐州刺史，義陽内史龐孟虯爲司州刺史。令孫、孟虯及豫州刺史殷琰、青州刺史沈文秀、冀州刺史崔道固、湘州行事何慧文、廣州刺史袁曇遠、益州刺史蕭惠開，梁州刺史柳元怙並同叛逆。」又魏書獻文紀：「（皇興元年）劉彧青州刺史沈文秀、冀州刺史崔道固，並遣使請舉州内屬。」北魏皇興元年爲宋泰始二年（公元四六六年）之明年。但真正「魏剋青州」，却要直待泰始五年（南史宋本紀）。所以梁書峻本傳之「泰始初」，「初」字的意義已極爲模糊。據傳末「普通二年，卒，時年六十」推算，此「泰始初」實爲泰始五年。魏書獻文紀：「（皇興三年）五月，徙青州民於京師。」皇興三年爲宋泰始五年（即公元四六九年），可證劉峻正在此時「爲人所略」。中華書局標點本梁書文學列傳校勘記把「泰始初」理解爲泰始元年，推斷峻生於大明二年，並據此謂峻本傳「卒時年六十」下「當脱一『四』字或『五』字」，是未參證南史、魏書等有關材料而致誤。孝標生年當是宋大明六年（公元四六二年）。

梁書劉峻傳云：

「峻好學，家貧，寄人廡下，自課讀書，常燎麻炬，從夕達旦，時或昏睡，爇其髮，既覺復讀，終夜不寐，其精力如此。」

案：南史劉峻傳在敍及峻好學後有云：「時魏孝文選盡物望，江南人士才學之徒，咸見申擢，峻兄弟不蒙選拔。」何以不蒙選拔？史傳未予説明。同時，孝標在北魏曾因「居貧不自立，與母並出家爲尼僧，既而還俗」。孝標母子於何時在何地出家？史傳亦未説明。檢魏書及北史之劉休賓傳，孝標從兄劉休賓，以宋兖州刺史降魏時，休賓兄子聞慰（原名懷慰）執意不從，以故愆期。降魏後，休賓爲懷寧縣令。北魏延興二年，休賓卒。休賓卒後，聞慰南叛，休賓子文曄、文顥及季友被坐徙北邊。又，陳垣先生雲岡石窟寺之譯經與劉孝標（見陳垣學術論文集第一集）據開元釋教録之記載，（北魏）延興二年西域人吉迦夜「爲昭玄統沙門曇曜譯大方廣十地等經五部，劉孝標筆受」，指出，孝標協助吉迦夜譯經在北魏延興二年（公元四七二年），孝標時年僅十一歲）。這一年，正是休賓卒、聞慰南叛，文曄兄弟被坐徙北之年。可以認爲，孝標兄弟的不蒙選拔，孝標母子的出家爲尼僧，都與休賓卒、聞慰南叛有關。

梁書劉峻傳云：

「齊永明中，從桑乾得還。」

案：文選卷四三孝標重答劉秣陵沼書李善注云：「齊永明四年（公元四八六年）二月，逃還京師。」從宋泰始五年青州陷魏算起，他實際上在北魏生活了十七年。

梁書劉峻傳云：

「至明帝時，蕭遥欣爲豫州，爲府刑獄，禮遇甚厚。遥欣尋卒，久之不調。」

案：南齊書蕭遥欣傳：「（齊）延興元年十月，高宗樹置，以遥欣爲……豫州刺史，持節如故。」齊延興元年（公元四九四年）十月，明帝（即高宗）即位，改元建武，遥欣爲豫州刺史，當在建武元年，孝標爲豫州刑獄參軍，亦當在是年。

梁書劉峻傳云：

「高祖招文學之士，有高才者，多被引進，擢以不次。峻率性而動，不能隨衆沉浮，高祖頗嫌之，故不任用。」

案：梁武帝蕭衍文武雙全，上馬能統兵，下馬能賦詩，當上皇帝後，更是八方羅致人才。表面上，他愛才若渴；實際上，心胸狹窄，嫉賢妒能。他身邊的那班文士很明白這一點。「武帝每集文士策經史事，時范雲、沈約之徒皆引短推長，帝乃悦。」（南史劉峻傳）「約嘗侍宴，值豫州獻栗徑寸半，帝奇之，問曰：『栗事多少？』與約各疏所憶，少帝三事。出謂人曰：『此公護前，不讓即羞死。』」（梁書沈約傳）孝標卻與那幫曲意取容的文士不同，「會策錦被事，咸言已罄，帝試呼問峻，峻時貧悴冗散，忽請紙筆，疏十餘事，坐客皆驚，帝不覺失色，自是惡之，不復引見。」（南史劉峻傳）梁書本傳又載：「峻兄孝慶，時爲青州刺史，峻請假省之，坐私載禁物，爲有司所奏，免官。」孝標的免官，不能不使人懷疑是梁武帝對他不能「引短推長」的打擊報復。

梁書劉峻傳云：

「安成王秀好峻學，及還荆州，引爲户曹參軍，給其書籍，使抄録事類，名曰類苑。」

案：南史安成康王秀傳：「天監七年，遭慈母陳太妃憂，詔起視事。尋遷荆州刺史，加都督。」又資治通鑑卷一四七梁紀三：「天監七年癸卯，以安成王秀爲荆州刺史。」孝標爲荆州户曹參軍，當始於天監七年。類苑的編撰，亦當始於是年。又案：陳垣先生雲岡石窟寺之譯經與劉孝標云：「孝標逃還江南後，有兩大著述：其一爲世説新語注，引書一百六十餘種，至今士林傳誦。其一爲類苑，一百二十卷，隋唐三志皆著録。南宋末陳氏撰書録解題時，始説不存。以今日觀之，孝標之注世説及撰類苑，均受其在雲岡石窟時所譯雜寶藏經之影響。印度人説經，喜引典故；南北朝人爲文，亦喜引典故。雜寶藏經載印度故事，世説及類苑載中國故事。當時談佛教故事者，多取材於雜寶藏經；談中國故事者，多取材於世説新語注及類苑，實一時風尚也。」

劉户曹集小引

明　張燮

從古兩書淫，一皇甫玄晏，一劉玄靖。玄晏高尚其事，超然冥鴻，非若玄靖文禽顧影，翻鏟彩于太液池邊也。玄靖身際右文之朝，並世儁流，盡被隆遇，而峻獨坎壈以終。中公明之指歸，託敬通之同異，至今掩卷，有餘惆焉。如謂率性而動，不共浮沈，則爾時之負遺俗者，豈直一峻哉。何加滕墮淵之異効也。卞士蔚有言，擲五木子輒韃，豈復是擲子之拙，此足破遇合之界耳。昭明文選，梁人自任、沈外見收者寥寥，而玄靖采取者三，然則聲價故重于華林二三子，正不得以遍畧高之矣。

甲子暮春望日紹和張燮書于覓蠹軒。

（録自七十二家集）

劉户曹集題辭

明　張溥

劉孝標見任彦昇諸子流離行路，舊交莫恤，則著廣絶交論。與中山劉明信友善，書命往反，明信没，復爲報章追答之。念其慇勤死友，寄懷寂寞，一篇之中，郈成、季札，遺風在焉。孝標淄右名種，期月孤露，魏師南侵，陷身奴虜。既知書學，播遷緇素。韓非入秦，李陵去漢，豈若是困厄哉？多聞不達，逃還江南，亦爰適樂土，不欲累北人豢養也。魏佛助作魏書好詆南士，妄謂孝標兄弟疎薄遭棄，殆越人之笑章甫乎？棲學東陽，享年六十，玄靖先生，寧云夭折！獨其一世書淫，南北並躓，上有好文之君，朝多同學之彦，而引見無階，山棲竟老，德祖見忌于曹操，敬通觖望于光武，豈非命邪？辯命六蔽，善言天人，自序三同四異，悲憤交集。遇主若此，而又重以悍室司晨，若敖將餒，詩窮而工，其然乎？婁東張溥題。

（録自漢魏六朝百三家集）

後記

劉孝標集校注原由上海古籍出版社一九八八年出版，書一出版，就受到各方面的關注：一九八八年十一月國務院古籍整理規劃小組所編的古籍整理出版情況簡報第二〇〇期刊發了題爲上海古籍出版社出版劉孝標集校注的介紹該書的專訊，讀書月刊一九九〇年第五期又發表了題爲歲歲秋草歲歲情的書評，對此書都有一致的好評。爲了滿足海峽彼岸學人的需求，臺灣貫雅文化事業有限公司於一九九〇年二月印行了一版，是爲臺北版。二〇〇三年，北京學苑出版社爲了滿足學界的需求，又出版了修訂本。如今，中華書局將該書收入中國古典文學基本叢書再次出版。於是，在廣泛徵求意見的基礎上，對書稿作了全面的修訂，改正了原書若干錯誤，修改和補充了部分注釋條文，使該書更臻完美。相信此書的出版，將會對魏晉南北朝文學的研究起到積極的作用。

羅國威

二〇二一年二月於四川大學竹林村思藻齋